똥글똥글하게 살고 싶어서

똥글똥글하게 살고 싶어서

탱탱볼처럼 탄력 있고

건강한 마음을 찾습니다

조혜영 에세이

마인드
빌딩

예민한 사람들의
조금 불편한 초능력

얼마 전, 요리를 하다가 뜨거운 김에 손가락을 데었다. 주방 일에 익숙하지 않아 쉽게 다치곤 했던 터라 어느 때처럼 괜찮을 줄 알았다. 하지만 이번엔 달랐다. 살이 빨갛게 부풀어 오르더니 살짝 스치기만 해도 쓰라리기 시작한 것이다.

소독약을 사러 약국에 갔더니 2도 화상이란다. 화상, 그것도 2도라는 말에 깜짝 놀랐다. 그날 이후 내 마음은 온통 오른쪽 검지를 향해 있었다. 멸균 밴드가 붙은 가로 1cm, 세로 2cm의 작은 부분으로 온 신경이 집중됐다. 머리로는 큰 상처가 아니라는 것을, 지극히 자연적이고 과학적인 피부 재생 시스템에 의해 머지않아 괜찮아지리라는 것을 알고 있다. 하지만 내 마음은 작은 자극 하나도 견디지 못하고 뾰족한 날을 세우기 시작했다.

그렇다. 나는 손가락에 2도 화상을 입은 것만으로도 잔뜩 괴로워지는 예민한 사람이다. 예민하다는 것은 어떤 상태일까?

심리학자나 신경 정신과 의사는 아니지만 내가 느낀 예민함에 대해서는 누구보다 분명히 말할 수 있다. 낯선 자극에도 민감하게 반응하고, 지나치게 걱정하고 불안해하는 것. 소심해서 하고 싶은 말 못 하고, 별것 아닌 상황에도 긴장하며 두려움을 느끼는 것. 문제의 원인을 내 탓으로 돌리며 괴로워하는 것. 자신을 보호하기 위해 고슴도치처럼 마음에 가시를 품고 사는 것. 정작 그 가시에 스스로가 찔리는 줄도 모른 채 웅크리고 앉아만 있는 것.

이렇게 적고 보니 세상의 모든 부정적인 마음은 다 끌어모아놓은 것 같다만.

혹시 이런 마음을 느끼는 순간이 많다면, 당신 또한 나처럼 예민한 사람일 것이다.

예민함을 독특한 개성으로 삼고 사는 사람이라면 문제없겠지만, 나의 경우는 다르다. 예민함 때문에 사회생활에 어려움을 겪고, 소중한 꿈을 이루는 데 방해받고, 사랑하는 사람을 놓쳐도 봤다. 예민한 성격을 바꿔보려 갖은 노력을 했지만 늘 제자리걸음이었다. 마치 끝이 보이지 않는 어두운 터널에 갇혀 있는 기분이었다. 그곳에서 나는 내 존재를 부정하고 또 부정했다.

결론부터 말하면, 이 책은 가시를 세우며 자신을 방어하기 급급하던 불안하고 뾰족한 마음이 조금씩 똥글똥글해지는 과정을 적은 사적인 기록이다. 미숙하게 '동글동글'하기만 한 것도 아니고, 에지 없이 '둥글둥글'해진 것도 아니다. 탱탱볼처럼 탄력 있고 건강한 똥글똥글한 마음이다. 예민한 사람을 위한 전문가의 처방이 아닌 경험으로 검증한 민간요법이라고 할까.

예전의 나와 달라진 것이 있다면, 뾰족해진 마음이 일상을 엉망으로 만들어 버리기 전에 미리 알아차리고 달래줄 수 있게 됐다는 것이다. 날이 선 마음이 머리를 들이밀면, 일단 풍선에 바람을 넣듯 깊은 호흡으로 마음을 빵빵하게 만든다. 그러고 나면 세상엔 2도 화상의 상처는 금세 잊힐 정도로 빛나는 일들이 많다는 게 눈에 보이기 시작한다. 이를테면, 최상의 당도와 최고의 빛깔로 숙성된 식탁 위 바나나라든가, 한동안 방치했던 오래된 화분에서 피어난 작은 꽃잎 같은 것들 말이다. 2도 화상은 그저 피부 재생 시스템에 맡긴 채, 말랑말랑 달콤한 바나나를 한 입 베어 물며 막 세상에 나온 어린 꽃잎에 이름을 붙여보는 것도 제법 괜찮은 일이다.

『센서티브』의 저자 일자 샌드는 이렇게 말했다.

"남들보다 민감한 우리는 부정적인 상황에서 더 예민하게 불행한 감정을 느끼지만, 적절한 상황에서는 훨씬 더 큰 행복을 느낀다."

똥글똥글해졌다고 생각한 마음에도 수시로 예민함은 찾아온다. 그러나 일자 샌드의 말처럼 예민한 우리에겐 작은 행복에도 더 기뻐할 수 있는 능력이 있다. 나는 그것을 그냥 능력이 아닌 '초능력'이라 부르고 싶다. 조금은 번거롭고 불편하지만 그래도 예민한 사람들만이 가진 초능력.

그렇다. 우리는 예민해서 불행한 사람이 아니라, 예민해서 더 행복한 사람이다.

1부

안녕하세요,

예민한 사람입니다

신경이 예민하고
걱정이 많으시네요

아로마 향기로 감정 상태를 알아보는 상담에 참여한 적이 있다. 상담 선생님은 내가 고른 향 여섯 개를 빤히 바라보더니 이렇게 말했다.

"요즘 잠을 잘 못 주무시나 봐요."

"소화 잘 안되시죠?"

"머릿속이 이것저것 결정할 게 많아 걱정인 CEO 뇌 같아요."

헉, 귀신이다. 어떻게 내 상태를 정확히 알아맞혔지? 내가 CEO가 아닌 것만 빼면 말이다.

상담 선생님은 마지막 결정타로 한마디를 남겼다.

"신경이 예민하고 걱정이 많으시네요."

아로마 향기 테스트의 정확도에 놀라야 할지, 여전히 이런 말을 듣고 있는 상황에 슬퍼해야 할지 몰라 헛웃음이 터져 나왔다.

늘 그랬다. 소화가 안되어 내시경 검사를 받았을 때도, 방송 원고 마감을 앞두고 심장이 아파 응급실에 갔을 때도 의사 선생님들의 진단은 이와 크게 다르지 않았다.

"위가 아주 깨끗하네요. 신경성 소화 불량으로 보입니다."

"아무 이상 없습니다. 신경 쓸 일이 많으셨나 봐요? 집에 가서서 푹 쉬세요."

이뿐만이 아니다. 대학원 조교 시절 손바닥과 발바닥에 극심한 가려움을 느껴 피부과에 갔을 때 처방전을 써주던 의사 선생님은 이렇게 말했다.

"요새 스트레스를 많이 받으셨나 보네요."

이쯤 되면 마음으로 느끼는 증상과 다르게 비교적 건

강한 몸을 지녔다는 것에 감사해야 하는 걸까. 최근 새로운 사람들과 새로운 일을 시작하면서 버거움을 느낀 탓인지 한동안 사라졌다고 생각한 예민함이 다시 찾아왔다. 일을 시작하기 전부터 걱정이 한가득 밀려오면서 불안해지고, 깨어 있는 시간엔 늘 긴장 상태다. 마치 전시 상황 같다고 할까. 금방이라도 총탄이 쏟아질 듯 두려움이 밀려온다. 소화도 안되고, 심장도 두근거리고, 가만히 앉아 있어도 온몸이 스멀스멀 가려워진다.

사실 외적인 이미지나 인상만 놓고 본다면 나는 '예민한 사람'과는 거리가 멀었다. 오히려 순하고 무던한 쪽에 더 가깝다고 할까. 보통 예민한 사람이라고 하면 까다롭고 날카로워 보이는 인상에 뾰족뾰족 신경질을 부리는 이미지를 떠올리지 않는가. 그에 비해 나는 큰 눈에, 납작하고 동그란 코, 둥근 얼굴을 가졌다. 그래서인지 처음 만나는 사람들은 나를 둥글둥글 모난 구석 없는 사람으로 본다. 실제로 나는 불편한 상황에서 부정적인 감정을 드러내기보다는 그냥 속으로 참는 게 더 편한 사람이었다.

말수가 적다. 사람들 앞에 나서지 않는다. 부끄러움이

많다. 소수의 친구와 친하게 지낸다. 겁이 많다. 자기주장을 잘 못 한다. 책을 읽거나 음악을 들으며 조용히 혼자 시간 보내기를 좋아한다…. 이런 이유들로 나는 나를 예민하다기보다는 내향적이고 소심한 사람이라고만 생각했다.

대학에 들어가서는 이러한 성격을 바꾸기 위해 심리학 서적을 읽는 등 여러 방면에서 노력했다. 하지만 책을 읽는 것만으로 타고난 기질을 바꾸기란 쉽지 않았다. 그럴수록 자존감만 더 낮아졌다.

그러다 대학교 신입생 시절 참석했던 술자리에서 A라는 친구를 본 이후 '내향적이고 소심한' 나의 성격에 의문을 갖게 되었다.

A는 겉으로 보기엔 나처럼 내향적이고 소심해 보이는 친구였다. 대학교 입학 후 처음 겪은 술자리는 서너 시간 동안 이어졌다. 긴 술자리 내내 A는 술도 마시지 않고 말도 거의 하지 않았다. 누군가 말을 걸어도 친절한 얼굴로 짧게 답하고는, 조용히 안주만 먹었다. 사람들의 관심에서 멀어져도 애써서 대화에 끼려고 하는 대신 그저 가만히 그들의 이야기를 들으며 머물렀다. 그 시간이 A에겐 전혀 불편해 보이지 않았고, 오히려 나름의 방식으로 술

자리를 즐기고 있는 것처럼 보였다. 그러다 지하철 막차 시간이 됐을 때 A는 슬쩍 일어나 인사도 없이 자리를 떴다. 처음엔 A가 사람들과 어울리지 못하고 겉돈다고 생각했지만 이는 내 착각일 뿐이었다. A에게선 어떤 불안이나 흔들림이 느껴지지 않았다.

그에 비하면 나는 어떤가. 술자리에 가고 싶지 않았는데도 무서운 선배 말을 거절하기 힘들어 어쩔 수 없이 따라갔고, 별로 할 말도 없으면서 가만히 앉아 있는 게 불편해 실없는 말들을 늘어놓았고, 불편한 술자리에서 실없는 농담이나 던지는 내가 우습고 바보같이 느껴져 수치스러운 마음을 잊기 위해 감당도 못 할 술을 계속 마셔댔다. 집에 가고 싶었지만, 한껏 흥이 오른 술자리에서 혼자 빠져나오는 게 눈치 보여 먼저 일어날 수도 없었다. 선배에게 먼저 간다고 말했다가 다시 붙잡혀 싫은 소리를 들을까 봐 술자리가 파할 때까지 억지로 앉아 있었다. 또, 술자리에서 나도 모르게 뱉은 농담에 누군가 얼굴을 찌푸렸던 걸 기억해내고는 며칠간 밤마다 그날의 상황을 계속 복기했다. 그가 날 무례한 사람으로 여길까 봐, 혹시나 내 말에 상처라도 받았을까 봐 후회하고 자책했다.

A와 나, 둘 다 술자리에서 사람들과 적극적이고 활달하게 어울리지 않는다는 공통점이 있었지만 A가 조용하고 단단하게 자신만의 세계에 머무는 스타일이었다면 나는 조용한 듯하면서도 외부 상황에 따라 불안하고 위태롭게 흔들렸다.

그로부터 한참 시간이 흐른 뒤에 우연히 일자 샌드의 책 『센서티브』를 읽고 나서야 내가 내향적이거나 소심한 것과는 다른 범주에 있는 예민한 사람이라는 것을 알게 되었다.

'예민한 사람' 하면 떠오르는 까다롭고 신경질적인 모습도 예민한 사람에 대한 스테레오 타입이었을 뿐, 예민함은 사람마다 다양한 형태와 모습으로 드러날 수 있다는 것이다. 『민감한 사람을 위한 감정 수업』이라는 책에서는 예민한 사람들이 타인과 교류하는 방식에 대해 이렇게 말하고 있다.

"예민한 사람 중에는 분노나 짜증을 잘 숨기는 사람도 있는가 하면, 고슴도치가 가시를 세우듯 짜증이나 분노를 밖으로 표출하는 사람도 있다."

전자의 유형에 속하는 나는, 위기 상황에 직면했을 때 고슴도치처럼 가시를 세우기보다는 몸을 둥글게 마는 공벌레에 가까웠다. 문제는 내가 가시를 겉이 아닌 안에 간직한 공벌레였다는 거다. 몸을 움츠릴 때마다 잔뜩 구부러진 가시는 나를 찔러댔고 때로는 내게 소중한 사람들도 상처 입혔다.

오랜 경험과 고민 끝에 나는 나만의 예민함이 무엇인지 정리할 수 있었다.

· 친하지 않은 사람, 낯설고 불편한 사람과 함께 있으면 쉽게 긴장한다.
· 타인에게 신세 지는 걸 싫어하며 상처받는 것도 주는 것도 싫다.
· 안 좋은 피드백을 받으면 내가 한없이 초라하고 쓸모없게 느껴진다.
· 지적받지 않으려고 무엇이든 완벽하게 해내려 한다.
· 사람들이 나를 어떻게 생각할지 과도하게 걱정한다.
· 과거 안 좋은 기억을 끊임없이 복기하며 자책한다.
· 거절을 잘 못 하고, 사소한 말다툼이나 작은 갈등 상황에도 불편을 느낀다.

· 감당하기 힘든 상황에 처하게 되면 극복해내기보다
  는 도망가고 싶다.
· 남들보다 체력이 빨리 떨어지고 쉽게 피곤해진다.
· 사람들이 나의 예민한 기질을 알아볼까 봐 겉으로는
  의연한 척하기도 한다.
· 사람들에게 부족하고 약한 모습을 보이게 되면 너무
  창피하고 수치스럽다.

하지만 내게는 위 항목과 전혀 다른 면모도 있다. 기
본적으로 내향적이고 소심한 편이지만, 활발하고 적극적
으로 행동했던 경험도 적지 않았다.

불편한 술자리나 낯선 모임이 아니라면, 그러니까 내
게 힘이 되는 편한 친구들과 함께할 때면 나는 누구보다
활발하고 열정적인 사람이 됐다. 친구와 한강 다리를 건
너며 큰 소리로 노래 부르고, 마음속 깊은 이야기도 시원
하게 털어놓을 수 있는 사람. 학과 행사에 출품할 작품을
만들기 위해 친구와 단둘이 공동묘지로 촬영하러 가기도
할 만큼 용기 있는 사람이었다. 땅 아래 묻혀 있던 내 안
의 외향성 씨앗은 나를 지지해주는 친구들과 함께할 때

마다 적절한 수분과 빛을 만난 것처럼 움트기 시작했다.

예민하고 민감한 성향의 사람은 타인의 지지가 부족하고 불안한 상황일 때 유독 더 긴장하고 수줍음을 많이 탄다고 한다. 스트레스를 받는 상황에서는 남들보다 더 힘들어하지만, 타인의 지지가 있는 익숙하고 평온한 상태에서는 누구보다 깊은 행복을 느낀다는 것이다. 친한 친구들과 함께할 때, 내가 열정 넘치는 외향적인 사람처럼 느껴졌던 이유를 알 것 같았다. 그들의 지지 속에서 걱정과 불안이 사라지자 내 안의 밝은 모습, 행복감이 마음껏 발현됐기 때문이었다.

하지만 그런 시간은 그리 길지 않았다. 세상은 내가 스스로 만든 안전지대 안에만 머물도록 허락하지 않았다. 사회생활을 시작하면서 어쩔 수 없이 안전지대 선 밖으로 떠밀려 나갔고, 그곳엔 내 편보다 적이 더 많았다. 내 편이라고 믿었던 이들에게 상처받는 일이 생기면서 세상의 많은 이들이 전부 적처럼 느껴지기도 했다. 싸움을 싫어하는 나는 적과 싸워 이기려 하기보다는 도망가는 방법을 택했다. 다 알면서 져줄 때는 회의감이 느껴지기도 했으나 그렇다고 적을 내 편으로 만들 만큼의 요령이 있거나 너그러운 마음의 소유자는 아니었다.

예민한 기질은 여러모로 세상을 살아가는 데 나약하고 쓸모없게 느껴졌다. 그래서 예민함을 부정하고 싶었고, 숨기고 싶었다. 일부러 아무렇지 않은 척, 대범한 척하며 예민하지 않은 사람을 흉내 내기도 했다.

그러나 평균적으로 다섯 명 중 한 명은 예민함을 타고난다고 한다. 대한민국 인구 5천만 명 가운데 최소 천만명은 예민한 사람인 셈인데, 그렇게 생각하면 그리 유별난 것도 아니다.

아로마 향기 테스트가 끝난 후 선생님이 내게 건넨 처방 카드에는 이런 문구가 쓰여 있었다.

평온(SERENITY)

신경질 나는 하루였나요? 꽤 많이 힘들었을 거예요.

평화(PEACE FEEL)

불안해하지 말아요. 다 잘될 거예요.

'평온'과 '평화'의 문구를 합치면 내가 당신에게 건네고 싶은 말이 된다.

"꽤 많이 힘든 하루였죠? 하지만, 다 잘될 거예요."

감정을 이완시켜주고 숙면에 도움이 된다는 아로마 에센스 향수를 뿌린 다음부터 정말 걱정도 조금 사라지고 잠도 깊이 잘 자고 있다. 일시적일지라도 향기는 마음을 안정시키는 데 도움이 된다. 하지만 전적으로 아로마 향기 덕분이라고 볼 수만은 없다. 처방 카드에 적힌 문구를 매일 밤 가슴에 새기면서 마음을 돌아보던 시간, 그 시간들이 쌓이고 쌓여 찾아온 평온과 평화가 아닐까.

창피해서 낯선 사람에게는 말하고 싶지 않던 나의 이야기를 본격적으로 시작해보려고 한다. 예민한 나는 벌써부터 당신의 반응이 걱정되지만 나를 위해, 그리고 당신을 위해 용기를 내보려 한다. 이 책을 읽는다고 예민함이 완전히 사라지진 않겠지만, 최소한 예민해서 불행해지는 일은 없으리라. 책의 마지막 페이지까지 이어질 나의 이야기가 당신의 마음을 평온하게 하는 아로마 향기가 되기를 바란다.

깊은
호흡

       예민함의 시작은 언제부터였을까? 유년기? 아니면 유아기? 혹은 엄마 배 속에서부터?

  '예민(銳敏)'은 '날카로울 예(銳)'와 '민첩할 민(敏)' 두 한자의 조합으로 이루어져 있다. 국어사전에서 '예민하다'라는 단어를 찾아보면 크게 세 가지 뜻이 있고, 긍정적인 의미와 부정적인 의미로 각각 해석이 달라진다.

예민하다 [예:민하다]

1. 무엇인가를 느끼는 능력이나 분석하고 판단하는 능력이 빠르고 뛰어나다.
2. 자극에 대한 반응이나 감각이 지나치게 날카롭다.
3. 어떤 문제의 성격이 여러 사람의 관심을 불러일으킬 만큼 중대하고 그 처리에 많은 갈등이 있는 상태에 있다.

-『네이버 국어사전』

보통 예민하다는 단어를 부정적인 의미로 사용할 때는 두 번째 의미로 해석된다. 사전적 의미대로 자극에 대한 반응이나 감각이 지나치게 날카로운 상태가 예민함이라면, '언제부터 예민함이 시작되었을까'라는 처음의 질문을 이렇게 바꾸는 게 좋겠다.

나는 무엇 때문에 외부 자극에 날카롭게 반응하는 걸까?

한때 최고의 시청률을 자랑했던 드라마 〈모래시계〉에는 이런 대사가 나온다. 사형 집행을 앞둔 박태수가 죽기 직전, 자신에게 사형을 구형한 검사이자 친구인 강우석에게 하는 유명한 대사다.

"나 지금 떨고 있니?"

오랜 시간이 흐른 지금까지도 많이 회자되고 있는 이 대사가 나에게는 좀 더 특별하게 다가온다. 남들보다 특별히 뛰어난 것은 없지만 '떠는 것'에 있어서만큼은 남다른 유전자를 가졌기 때문이다. 사형 집행대 앞에 선 사형수처럼 지금 당장 죽을 위기에 처한 것도 아닌데, 외부 자극에 민감한 마음은 낯선 상황을 위기로 받아들인다.

다시 말해, 외부 자극에 날카롭게 반응하는 이유는 두려움 때문이다. 좀 더 자세히 말하자면 두려움의 근원에는 죽음을 향한 공포가 내재되어 있다.

아마도 안락하고 평화로웠던 엄마 배 속에서 빠져나와 세상에 몸을 드러낸 순간부터, 정확히 말하면 엄마와 하나로 연결돼 있던 탯줄이 잘리던 순간부터 나는 죽음의 공포를 느꼈는지도 모르겠다. 탄생의 순간에 죽음의 공포를 느끼다니 아이러니하지만, 열 달 동안 마치 한 몸과도 같았던 엄마로부터 분리된 채 독립된 개체로서 험난한 세상을 오롯이 감당해야 할 것 같은 불안한 직감이 예민한 마음을 만든 게 아닐까. 강해지지 않으면 살아남지 못할 거라는 막연한 불안이 무의식 속에 깊은 두려움으로 자리하게 된 것인지도 모른다.

뇌 과학자들의 연구에 따르면 우리가 두려움을 느끼는 것은 중뇌에 위치한 편도체 때문이라고 한다. 원시 시대 생존이 유일한 목표였던 인류에게 편도체는 외부 자극을 예민하게 받아들이게 함으로써 살아남는 데 중요한 역할을 해온 것이다.

남들보다 좀 더 예민하고 민감한 사람들의 편도체는 작은 것에서도 쉽게 위험을 감지하고 생존에 대한 공포를 더 많이 느껴 시시때때로 빨간불을 켜대곤 한다. 지금은 원시 시대와 비교하면 아무 때나 빨간불을 켜지 않아도 될 만큼 많이 안전해졌는데도 말이다.

아무래도 현대를 살아가는 우리는 육체적 죽음에 대한 공포보다는 정신적 자아(Ego)의 소멸을 더 두려워하는지도 모르겠다. 직장 상사에게 험한 말을 듣고 자존감이 떨어질 때, 내 외모가 남들보다 못나 보일 때, 잘하고 싶고 성공하고 싶은데 세상에 나보다 우월한 존재들이 넘쳐날 때, 사랑하는 연인에게 이별을 통보받았을 때⋯

자존감은 바닥을 치고 스스로가 한없이 작아지다 못해 보이지 않는 먼지처럼 소멸해버릴 것 같은 두려움을 느끼게 된다. 세상이라는 무대가 마치 자아의 사형 집행대처럼 느껴져 벌벌 떨고 있다면 편도체가 심하게 요동치며 위기를 알리고 있다는 뜻이다. 살아남기 위해선 스스로를 지켜야 해, 몸을 움츠리고 안전한 곳으로 숨어, 필요에 따라 때로는 가시가 필요해. 뾰족하고 날카로운 가시⋯.

그래서 예민한 사람들을 고슴도치에 비유하는가 보다. 겉으로 보기엔 뾰족한 구석 없이 매끈해 보이는 사람도 자기만의 작은 가시 하나쯤은 갖고 있다. 가시의 방향과 크기만 다를 뿐, 날카롭고 뾰족한 것은 언제든 무언가를 혹은 누군가를 해치기 마련이다. 자기 자신을 보호하기 위해 세운 가시가 타인뿐만 아니라 자기 자신을 찌를수도 있다는 것이 예민한 사람들의 가장 큰 비극이다.

할 수만 있다면 세상에 얼굴을 내밀던 그 순간을 기억하고 싶다. 첫 호흡을 들이마시던 순간 코끝으로 느껴진 공기의 감각과 낯선 세상의 냄새, 들려오는 알 수 없는 소리를 말이다. 동굴 같은 어둠을 뚫고 힘겹게 세상으로 나와 처음 접하는 분만실의 불빛과 소음, 제힘으로 숨을 내쉬고 들이마셔야 하는 고된 호흡… 태어나 처음으로 만난 세상의 질감은 거칠고 쓰라렸을 것이다. 탄생의 순간 느꼈을 낯섦과 불안감이 지금 내 예민함의 씨앗이라면 그 순간을 오롯이 다시 느껴보려 한다. 그 순간을 겁내지 않고 정면으로 바라볼 수 있어야만 앞으로의 나를 바꿀 수 있을 테니까.

갓 태어난 아기가 자지러지게 울면서도 한 번도 배운 적 없는 호흡을 자연스레 해내는 것을 보면 생명은 참 위대하다는 것을 실감하게 된다. 호흡한다는 것은 살아 있다는 증거이다. 모든 생명은 살아 있는 한 어떻게든 호흡을 하게 된다. 긴 시간이 흘러 어른이 된 지금도 매 순간 호흡하며 삶을 살아내고 있지 않은가.

편도체는 편도체의 일을 할 뿐이다. 편도체가 제아무리 나를 예민하게 만들더라도 편도체가 고장 난 삶은 생각하기도 싫다. 그러니 편도체의 일은 편도체에게 맡기고, 나는 내 일을 해야겠다.

이제는 안다. 깊이 호흡하는 것이야말로 예민해지는

순간 나를 진정시킬 수 있는 방법이라는 것을. 나처럼 작은 일에도 쉽게 긴장하고 두려워하며 예민함을 느끼는 독자라면 천천히, 깊은 호흡과 함께 이 책을 읽어나가 주길 바란다.

자, 깊이 숨을 들이마시고 내쉬고….

●●●

인생 최초의
기억

)))))

        누구에게나 인생 최초의 기억이 있을 것이다. 내가 아는 어떤 이는 한 살 무렵, 엄마가 데려간 대중목욕탕 천장에서 물방울이 똑똑 떨어지던 장면을 기억한다고 했다. 한 살 아기의 눈에 천장에서 떨어지는 물방울은 어떤 정서로 기억되었을까? 연약하지만 영롱하게 반짝이던 물방울이 어쩌면 별처럼 보였을지도 모르겠다. 쏜살같이 떨어지는 별똥별을 볼 때처럼 빠르게 느꼈거나, 반대로 하늘하늘 떨어지는 꽃잎처럼 여유로워 보였을지도.

어쨌거나 이건 내 인생 최초의 기억도 이처럼 낭만적이었다면 어땠을까 하는 부러움을 담은 나만의 상상일 뿐이다. 나의 가장 오래된 기억은 여섯 살 무렵 유치원 소풍날이다. 안타깝게도 신비롭다거나 아름다운 기억은 아니다.

어느 작가는 "내가 정말 알아야 할 모든 것은 유치원에서 배웠다"라고 말했는데, 나도 그렇다. 당시 내가 배운 것을 한 문장으로 정리하면 이렇다.

세상이란 내 마음과 다르게 참 무서운 곳이구나.

기억은 나를 여섯 살의 봄, 유치원에서의 첫 소풍날로 데려간다. 그때 우리는 봄 햇살을 머금은 연둣빛 잔디 위에 돗자리를 깔고 앉아 있었다. 보물찾기를 끝냈을 무렵 점심시간이 됐고 모두 집에서 갖고 온 김밥과 과자, 주스 등을 꺼내먹기 시작했다. 나 또한 열심히 김밥을 먹다가 오렌지주스를 꺼내 들었다. 평소였다면 뚜껑을 대신 열어줄 어른을 찾았을 테지만, 소풍날인 만큼 스스로 해내고 싶었다. 나는 낑낑대며 오렌지주스 뚜껑을 열기 위해 노력했다. 뚜껑이 열림과 동시에 손이 미끄러져 바지에 주스를 쏟은 것은 예상치 못한 실수였다. 반바지 안에 입었던 흰색 타이츠가 금세 노란색으로 물들었다. 한순간에 벌어진 일이었다. 휴지를 찾아 얼른 닦아내면 그만인 일이었는데, 당황한 나는 어찌해야 할지 모른 채 돗자리에 고인 주스만 멍하니 바라보고 있었다. 그때 앞에 앉아 있던 한 여자아이가 소리쳤다.

"선생님, 혜영이 오줌 쌌어요!"

아뿔싸, 그것은 팩트 체크가 전혀 되지 않은 채 공표된 가짜 뉴스였다. 김밥을 먹느라 내가 주스를 쏟는 결정적 장면을 놓친 그 아이는 노랗게 물들어버린 흰색 타이츠와 돗자리에 고여 있는 노란색 액체를 보며 오줌을 떠올린 것이다. 아이의 우렁찬 외침은 옷에 실례한 친구를 어떻게든 도와주고 싶은 마음에서 비롯된 간절함이었을까? 혹은 사건 현장을 최초로 발견한 자로서 모두에게 이 사실을 알리고 싶은 사명감일 수도 있겠다. 그것도 아니라면, 그저 성격이 급하고 목소리가 큰, 관심받고 싶은 아이였을까? 그 아이의 얼굴이나 이름은 전혀 생각나지 않지만 나를 가리키며 외치던 목소리가 우렁찼던 것만은 분명히 기억한다.

사실 이 사건의 핵심 이슈는 그 아이의 외침 이후, 대낮에 갑자기 오줌싸개가 되어버린 나의 반응이다. 안타깝게도 나는 아무 말도 하지 못했다. 한동안 그날을 떠올리며 비참한 기분을 느꼈던 것도 바로 그 때문이다. 아니, 오줌을 싼 게 아니라 오렌지주스를 쏟은 것뿐이라고… 왜 말을 못 했냐고?

그러게나 말이다. 말 한마디였으면 끝날 일이었는데, 그 한마디를 하지 못해서 몇십 년간 트라우마가 되었다. 그날 이후 나는 자기주장도 제대로 못 하는 억울한 바보가 된 것만 같아서 괴로웠고, 때론 사실 여부와 관계없이 공격받을 수 있다는 생각에 두려웠다. 학창 시절을 지나 사회생활을 시작하면서도 이 생각은 지속적으로 나를 괴롭혔다. 나는 늘 하고 싶은 말을 못 했고, 억울하게 당하는 느낌이었고, 타인과 그 타인들로 이루어진 사회는 나를 못살게 구는 사악한 집단처럼 느껴졌다.

그 아이가 큰 소리로 외치기 전에 나에게 먼저 혹시 오줌을 싼 거냐고 물어봐 주었다면, 나는 주스를 쏟은 거라고 말할 수 있지 않았을까. 적어도 선생님이 사실을 바로잡아주었다면 좀 덜 억울했을까.

훗날 최면 상담 치료를 받으며 그날의 기억을 다시 떠올렸고, 최면 속에서 여섯 살로 되돌아간 나는 상담사의 지시에 따라 유치원 친구들 앞에서 벌떡 일어나 소리쳤다.

"나 오줌 싼 거 아니야! 오렌지주스 쏟은 거야! 그러니까 함부로 말하지 마!"

과거로 돌아간 여섯 살의 내가 그렇게 외치는 동안, 카우치에 누워 있던 어른의 나는 그만 펑펑 울음을 터뜨리고 말았다. 왜 거기서 눈물이 나와? 대체 그게 뭐라고? 어이없고 황당했지만, 최면 상담을 마치고 집으로 돌아오는 길에 거짓말 같은 변화를 느꼈다. 세상이 무척이나 해사하게 느껴진 것이다. 노을이 내려앉은 건물들이 마치 빛을 머금은 봄날의 잔디처럼 연하고 부드러워 보였다.

그날도 그랬을 것이다. 어쩌면 아이의 목소리는 그렇게 크지 않았을 수도 있다. 친구들도 내가 흘린 오렌지주스에 큰 관심을 보이지 않았을 수도 있고, 선생님이 곧바로 사실을 정정해줬을 수도 있다. 별일 아닌 기억을 왜곡

시켜 트라우마로 간직했던 사람은 나 자신이었다. 확실한 것은, 그날 유치원 선생님은 내가 쏟은 오렌지주스를 닦아주며 나를 안심시켰고, 친구들에게도 특별히 놀림을 받거나 왕따를 당하지도 않았다. 또, 엄마가 깨끗이 빨아준 타이츠는 금세 흰빛을 되찾았다.

그날의 기억을 끌어안고 어른이 된 나는 세상에 핑계를 대고 있었던 것 같다. 내 인생이 꽈배기처럼 꼬여버릴 때마다 타인과 세상을 원망할 핑계, 못난 나를 끊임없이 자책할 핑계.

어쨌거나 유치원 소풍에서 겪은 '오줌 사건'은 나를 경계심 많고 예민한 사람으로 만들었다. 혹시나 유치원 소풍날과 같은 일이라도 생길까 봐 목소리 크고 당당한 친구들이 보이면 몰래 피해 다니기도 했다. 성인이 되어 만난 그들은 유치원 때의 그 아이와는 분명히 다른 사람이라는 것을 알고 있음에도 불구하고, "자라 보고 놀란 가슴 솥뚜껑 보고 놀란다"는 속담의 의인화가 바로 나였다.

천장에 맺힌 물방울을 인생의 첫 기억으로 간직한 사람이 있다면, 나처럼 억울하고 속상한 감정이 첫 기억인 사람도 있는 법이다. 전혀 신비롭지도, 아름답지도 않지만 나름대로 '오렌지빛' 기억인 것만은 확실하다. 그렇다. 한때는 지린내 나는 '누런빛'이었지만 이제는 상큼한 '오렌지빛'이 되었다. 한번 상처로 각인된 기억은 쉽게 잊히지 않겠지만 그 기억을 새롭게 해석할 자유는 언제나 나에게 있다. 그러니 상처가 됐던 기억을 부여잡고 예민해지기보다는 과거의 웃픈 추억쯤으로 여기며 쿨하게 털어내련다.

미래의 날들을 위해 이제부터는 새 기억을 품고 살아가야겠다. 그러다 보면 타인에게도, 세상에도 조금은 너그러워지지 않을까.

나의 세계를
지키는 방법

'솔로몬의 지혜'라는 고사성어를 들으면 한 명의 아기를 두고 싸우는 두 여자에게 아기를 둘로 나누어 반씩 가지라고 명하는 솔로몬 왕의 지혜로운 모습이 떠오를 것이다. 그런데 나의 경우에는, 유치원에서 크리스마스 공연을 위해 '솔로몬의 지혜'를 주제로 연극 연습을 하던 모습이 눈 앞에 펼쳐진다.

그때의 장면은 한 장 한 장 찍은 사진처럼 기억에 남

아 있다. 솔로몬 왕, 공주, 아기를 대체한 인형, 그 인형을 자기의 것이라고 우기는 엄마들. 그리고 맨 뒷줄에 시녀 역할을 맡은 내가 있었다. 연극 연습이 끝날 때까지 나는 어정쩡하게 서서 내가 시녀가 된 이유를 궁금해했다.

솔로몬 왕이나 공주가 되고 싶었던 것은 아니었다. 다만, 선생님에 의해 내가 시녀로 규정된 상황이 억울했다. 왕이 있으면 백성도 있고, 공주가 있으면 시녀도 있는 게 인간사 당연한 일이겠지만 전체성의 시각으로 세상을 받아들이기엔 아직 어렸으니까. 시녀 역할을 맡았을 뿐인데 내가 마치 진짜 시녀가 된 것 같은 기분이었다. 그러자 내가 한없이 작고 초라하게 느껴졌고, 조금 슬퍼졌다.

앞서 이야기한 '오줌 사건'이 내 안에 잠들어 있던 예민함을 자각한 시발점이었다면 시녀 역할을 맡은 것은 서서히 타오르기 시작한 예민함의 불꽃에 기름을 붓는 사건이었다. 더구나 나를 시녀로 임명한 사람은 당시 내게 가장 크고 절대적인 존재, 유치원 선생님이었다. 그런 선생님을 거스르면 안 된다는 무의식적 본능을 느꼈던 걸까, 어쩔 수 없이 선생님의 결정을 따르면서도 마음 한편에선 예민한 가시가 돋아났다.

그때 내가 선생님에게 "저는 왜 시녀 역할인가요?"라고 물었다면 어땠을까. 운이 좋다면 다른 역할을 맡게 되거나 그렇지 않더라도 내가 원하는 배역이 무엇인지 정도는 말할 수 있지 않았을까. 그랬다면 적어도 후회는 남지 않았을 것 같다. 내가 시녀 역할을 하길 바라는 선생님의 마음을 느끼고 받아들였듯이, 선생님 또한 내 마음을 느끼고 인정해주었을 테니까. 이처럼 타인의 존재를 인식하고 나 또한 타인에게 내 존재를 인식시키는 일은 내 세계를 지키는 일이기도 하다.

한편 친구 L도 나와 비슷한 시기에 타인의 존재를 또렷이 인식하게 만든 두 가지 사건을 겪었다.

첫 번째 사건은 L이 유치원에서 '나비야' 노래에 맞춰 율동을 할 때 일어났다.

"나비야, 나비야, 이리 날아오너라. 노랑나비 흰나비, 춤을 추며 오너라. 봄바람에 꽃잎도 방긋방긋 웃으며 참새도 짹짹짹 노래하며 춤춘다."

L은 나비가 날갯짓하듯 양팔을 위아래로 흔들며 선생님을 따라 총총 뛰어다녔다. 그런 그에게 유치원 선생님

이 다가왔다. 그는 걱정스러운 얼굴로 L의 이마를 짚으며 물었다.

"L아, 어디 아프니?"

그날 L의 컨디션은 최고조였다. 당연히 아픈 데는 하나도 없었다. 선생님은 봄날의 꽃밭에서 신나게 날갯짓하는 나비를 보고, 시들어가는 꽃밭에서 힘없이 날아다니는 나비를 떠올린 거나 다름없었다.

봄바람에 방긋 웃는 꽃잎을 표현한 웃는 얼굴과 춤이 다른 이에게는 낯설고 이상해 보이는 비극이 또 있을까. 그날의 일로 인해 L은 자신의 세계와 타인의 세계가 다를 수 있다는 사실을 인식하게 되었다고 한다.

두 번째 사건은 초등학교 1학년 자연 과목 시험 날 발생했다.

※ 다음 중 살아 있는 것을 고르시오.
① 시냇물 ② 구름 ③ 돌 ④ 토끼

당신은 몇 번을 답으로 고르겠는가? L은 네 개의 번호에 모두 동그라미를 쳤다. L은 그때의 일을 회상하며 이렇게 말했다.

"나는 정말 시냇물도, 구름도, 돌도 전부 살아 있다고
생각했어."

어린아이의 순수함이 담긴 대답이었으나, L의 담임선
생님은 L을 "바보"라고 부르며 반 친구들 앞에서 망신을
주었다. L은 그해 말 아버지의 전근으로 전학을 가기 전
까지 친구들에게 놀림을 받으며 은근한 따돌림을 당했다
고 한다.

L이 어린 시절 겪은 이 두 가지 사건은 그녀가 세상을
살아가는 데 지대한 영향을 미쳤다. 살면서 자신과는 너
무 다른 사람들 때문에 외롭고 힘들어질 때면 L은 일련의
두 사건을 떠올렸다. 시냇물과 구름, 돌이 살아 있다고
믿었던 어린 시절의 자신처럼 상대방에게도 타인이 이해
할 수 없는 자기만의 세계가 있지 않을까 생각했다. 그럼
조금이나마 상대방을 이해할 수 있게 되었다.

어린 시절의 두 사건은 L에게 분명 상처를 남겼지만,
시간이 지날수록 L은 상처를 통해 자기만의 세계를 소중
히 지키는 방법을 배울 수 있었다. L은 타인의 세계를 존
중하되, 그에 타협하거나 기죽지 않고 자신만의 세계를

구축하고 지키는 법을 배웠다.

　L이 세상의 시선에 연연하지 않으며 자신만의 세계를
구축하는 쪽이었다면, 나는 세상의 시선을 떨쳐내지 못
한 채 세상의 잣대에 나를 맞추는 쪽이었다. 세상에 속하
고 싶어서 부단히 노력했지만 그럴수록 세상은 더 멀어
져 가는 느낌이었다. 타인을 이해시키기 위해 애쓰고, 타
인의 기대에 맞추기 위해 눈치를 보는 동안 예민함이 몸
집을 더 불려온 것 같다. 나는 타인의 세계와 자주 부딪히
며 불협화음을 냈다.

　시간이 훌쩍 흐른 지금까지도 나는 세상과의 관계 맺
기에 미성숙하다. 나와는 다른 타인의 시선이 내게 상처
가 될 때도 많고 그럴 때면 어김없이 움츠러들곤 한다.
하지만 나 또한 나만의 잣대와 시선으로 누군가를 판단
하고 평가했음은 부정할 수 없다.

　세상은 그냥 그런 곳인지도 모르겠다. 어쩔 수 없이
나와 타자가 공존하며 살아가야 하는 곳. 내 마음과 똑
닮은 사람이 있는가 하면 내 맘 같지 않은 타자도 있는
곳. 후자의 경우가 더 많다는 게 함정이지만⋯ 예민함을

덜어내고 성숙해진다는 건, 어쩌면 내 맘 같지 않은 타자와도 잘 지낼 수 있는 묘법을 찾아가는 과정이 아닐까. 성숙해지려면 아직 멀었다.

타인의 시선에 연연하지 않고 자기만의 길을 걷는 당당한 L과 달리, 나는 여전히 나만의 세계를 지키기 위한 방법을 찾아가는 중이다. 나의 세계를 지킨다는 것이 타인의 세계를 무조건 배제하거나 모른 척해야 한다는 뜻은 아닐 것이다. 그렇다고 전적으로 믿거나 따라서도 안 된다. 그저 타인의 세계를 존중하고 인정하는 열린 마음을 갖고 싶다.

예민함이라는 조금 불편한 초능력이 타인의 마음을 섬세히 읽고 이해하는 데 쓰이는 순간이 온다면, 타인이라는 존재가 더 이상 불편하기만 하지는 않을 것이다.

나 지금
떨고 있니?

당신은 특정 상황에 공포를 느껴본 적이 있는가? 높은 곳에서 공포를 느끼는 고소 공포증이나, 밀폐된 공간에서 두려움을 느끼는 폐소 공포증처럼 말이다.

나에겐 발표 공포증이 있다. 아니, 이제는 '있었다'라고 말하고 싶다. 대학교 신입생 시절, 어느 수업의 조별 발표 시간이었다. 강의실 앞으로 나가 입을 뗀 순간, 준비했던 내용이 하나도 기억나지 않을 정도로 머릿속이 새하얘졌다. 발표 전에 몇 번의 리허설을 했음에도 불구하고 막상 단상에 오르자 전부 리셋되고 말았다.

"어떡하지? 기억이 안 나…."

속으로 생각하던 말을 혼잣말처럼 내뱉고 만 나는 교수님과 다른 학생들에게까지 그 말이 들렸으리라고는 짐작도 못 하고 있었다. 그 순간, 강의실에 있던 사람들이 나를 보며 웃음을 터뜨렸다. 이후 발표를 어떻게 끝내고 자리로 돌아왔는지는 전혀 기억이 나지 않는다. 물론 교수님과 학생들의 웃음이 비웃음이 아니었던 것만은 확실하다. 신입생의 실수가 순진하고 귀여워 보여 웃음이 나왔거나 혹은 그 상황 자체가 웃음을 유발했을 가능성이 크다. 그런데도 그날의 인상은 나의 뇌리에 크게 각인되었다.

그저 한 번의 실수로 여기며 '다음번에 더 잘하면 돼' 하고 스스로를 격려할 수도 있었다. 초반의 실수에도 불구하고 어쨌든 무사히 발표를 마쳤으니 그것만으로도 충분하다며 칭찬해줄 수도 있었다.

하지만 내 예민함의 발동 버튼은 '두려움'이었다. 그날의 두려웠던 기억이 내 예민함을 불러냈고 예민함은 그날의 기억을 쉬이 놓아주지 않았다. '나는 사람들 앞에 서면 긴장하는 사람, 발표를 잘 못하는 사람'이라는 꼬리표를 스스로 달고 다녔다. 그런 이유로, 많은 사람들 앞에서 발표를 하거나 말을 할 일을 최대한 만들지 않았다. 다행히 한동안은 그런 모험(?)을 치르지 않아도 되는 날들이 이어졌다.

우연한 계기로 대학 강의를 맡게 되면서 더 이상 발표를 피할 수 없게 됐다. 처음 강의를 제안받았을 땐 대학 시절의 악몽이 떠올라 고민했지만, 당시 방송작가로서 정체기와 슬럼프를 겪고 있었던 나에게 찾아온 변화의 기회라고 생각하니 놓치고 싶지 않았다. 어쩌면 과거의 트라우마를 오롯이 마주할 수 있는 기회가 왔는지도 몰랐다. 나는 용기를 내보기로 했다.

스피치 모임에서 짧은 발표를 해보기도 하고, 출판사에서 주최하는 독서 모임에 참여해 작정하고 말을 많이 하려고 노력했다. 피하기보다는 낯선 사람들 앞에서 말을 해야 하는 상황을 일부러 더 만들었다. EFT(Emotional

Freedom Techniques)라고 하는 심리치료를 받기도 했다. EFT는 특정 경혈을 두드려 부정적 감정을 정화하는 기법인데, 톡톡 두드리는 것만으로도 막혀 있던 감정이 조금씩 풀어지는 느낌이었다. 그런 과정을 거쳐 강단에 처음으로 섰던 날을 또렷이 기억한다. 작은 떨림과 긴장 속에서도 나 자신과 학생들을 믿고 편안히 강의를 할 수 있던 날을…. 발표 공포를 겪던 내가 학생들 앞에서 강의를 하고 있다는 건 다시 생각해도 놀라운 일이다.

하지만 8년 넘게 강의를 해오면서도 불쑥불쑥 긴장이 올라올 때가 있다. 행여 말하는 도중 목소리가 떨리거나 표정이 얼어붙어 긴장한 걸 들키게 될까 봐 더 긴장하기도 했다. 부지불식간에 대학 시절 경험이 되살아나며 머릿속이 하얘지고 할 말이 생각나지 않을 때도 있었다. 나를 바라보는 수십 명의 얼굴들이 공포 영화의 한 장면처럼 느껴지기도 했다.

『마음 챙김으로 불안과 수줍음 치유하기』라는 책에서 저자인 스티브 플라워즈는 "수줍음을 느끼는 사람들은 자신을 비판하면서 남들도 자신을 비판적인 시각으로 볼 것이라고 상상한다"고 말한다. 나 역시도 그랬다. 학생들의 얼굴이 공포로 다가왔던 것은 그들이 모두 나를 비난하고 있을 거라는 상상 때문이었다.

'어휴, 지루해서 못 들어주겠군.'

'대체 무슨 소리를 하는 거야. 하나도 이해가 안 되잖아.'

'얼굴은 왜 저렇게 생겼대? 못 봐주겠네.'

학생들의 마음속 목소리가 들리는 것만 같았다. 잘못된 상상은 예민한 마음을 부추기고 사태를 크게 만든다. 결국 비난하던 목소리의 주인공은 학생들이 아니라 나 자신이었는데 말이다.

수업 내내 실체 없는 목소리들에 시달리다가 잠시 화장실에 다녀오겠다며 자리를 비웠던 날이 있었다. 화장실에서 몇 번의 심호흡으로 긴장된 마음을 추스르고 다시 강의실로 들어갔을 때, 학생들이 물었다.

"교수님, 괜찮으세요?"

그제야 학생들의 얼굴이 눈에 들어왔다. 진심으로 나를 걱정해주는 20대 초반의 밝은 얼굴들이 거기 있었다. 그들은 전혀 두려움의 대상이 아니었다. 화장실에 갔던 진짜 이유는 말 못 하고, 배탈이 났다며 둘러댔다. 특별히 웃긴 말도 아니었는데 학생들이 웃었다. 몇몇 학생들은 이때다 싶어 휴강해야 하는 거 아니냐며 장난을 쳤다. 순식간에 경직되었던 분위기가 눈 녹듯이 녹아내리고 강의실 공기가 훈훈해졌다. 떨림과 긴장은 어느새 사라져 있었다. 처음과 달리 마음이 편안해진 나는 남은 수업을 무사히, 재미있게 잘 마쳤다.

매번 새 학기 개강 날이 되면 어김없이 긴장이 몰려오곤 한다. 하지만 긴장과 두려움에도 불구하고 강의를 그만두고 싶지는 않다. 학생들과 소통하며 생각을 나누고, 학생들의 작은 성장을 지켜보는 일이 적지 않은 즐거움을 주기 때문이다. 분명 그것은 나의 성장에도 도움이 되는 일이다. 어떻게든 남아 있는 한 가닥의 불안마저도 극복해내고 싶다.

평소 긴장을 내려놓고 마음의 안정을 얻기 위해 명상을 자주 하는데, 그때마다 깨닫게 되는 것이 있다. 내 안에는 '작은 나'와 '큰 나'가 함께 살고 있다는 것. '작은 나'가 예민해서 두려움에 떠는 마음이라면, '큰 나'는 무한한 사랑의 시선으로 이 모든 것을 지켜보고 있는 의식이다. '큰 나'는 평소엔 여유로운 미소로, 때론 연민의 눈물로 '작은 나'를 격려하고 위로한다. '작은 나'가 마음의 자리를 전부 차지해버린 순간에도 '큰 나'의 존재를 바로 기억하고 떠올릴 수 있다면 우리는 언제든 두려움의 마음을 사랑의 마음으로 바꿀 수 있다. 예민해서 떨고 있는 나를 사랑과 연민으로 품어 안고 용기를 낼 수 있다.

물리학자 김상욱 교수의 말을 빌리면 "떨림은 곧 진동"이다. "우주 만물은 모두 진동하고 있다"는 물리학자의 냉철한 이성이 묘하게 위안이 된다. 우주 모든 것이 진동하고 있으니, 고로 떠는 것은 살아 있다는 증거이다.

긴장의 떨림이 삶의 경이로움을 향한 설렘의 떨림으로 바뀔 수 있길 희망한다. 누군가의 떨림이 나에게 감동을 주고, 나의 떨림이 누군가에게 깊은 잔상을 남길 수 있도록 말이다.

지금 떨고 있니? 괜찮아, 그건 네가 살아 있다는 증거니까.

멀미의
이유

느낌이 좋지 않았다. 차가 막히는 금요일 오후였고, 합정동을 출발해 강남 남부터 미널 부근까지 가는 경로였다. 차가 강변북로 진입 구간에 다다를 즈음 도로는 이미 주차장 수준으로 정체되어 있었다. 아나나 다를까, 강변북로에 진입하자마자 멀미 기운이 밀려왔다. 뒷좌석에 앉은 게 실수였다. 다행히 친구의 차에 굴러다니는 비닐봉지가 있었다.

그날은 두어 달 동안 참여했던 큰 프로젝트의 회식 날이었다. 앞좌석의 두 친구는 뒤에 앉은 내 사정은 전혀 모른 채 둘만의 재미난 대화에 빠져 있었다. 그 분위기를 깨고 싶지 않았기 때문에, 오바이트만은 제발 참고 싶었다. 비단 그뿐만은 아니었다. 차 안에 풍기게 될 고약한 냄새는 또 어쩔 것인가.

차멀미에는 전조증상이 있다. 휘발유 냄새가 공기 중에 가득 차면서 뒷목이 당겨오다가 식도 깊숙한 곳에서부터 침이 역방향으로 스멀스멀 올라오기 시작한다.

사랑과 기침은 숨길 수 없다는데, 나에겐 멀미도 그렇다. 브레이크 밟는 횟수가 잦아지면서 차는 쉼 없이 덜컹거렸고 참아보려 했지만, 결국 나는 비닐봉지에 오바이트하고 말았다. 회식은커녕 흔들리는 차 안에 도저히 앉아 있을 수가 없었다. 차가 반포대교 남단을 막 지났을 때 나는 친구에게 차를 세워달라 했고, 황급히 인사를 나누며 차에서 내렸다. 신선한 공기를 들이마셨는데도 한동안 어지러워 반포대교 진입로에서 미아처럼 한참을 서 있었다.

지긋지긋한 멀미. 어렸을 때부터 나는 차만 타면 멀미

를 했다. 멀미약으로 유명한 키미테도 별로 효과가 없었다. 어느 날은 누구한테 들었는지 엄마가 멀미에 좋다며 말린 인삼을 사 오셨다. 버스를 탈 때마다 말린 인삼을 꾸역꾸역 씹어댔지만 인삼의 쓴맛 때문에 멀미만 더 했다. 초등학교 수학여행 때는 엄마가 배꼽에 파스를 붙여주기도 했었다. 배꼽에 파스라니⋯ 지금 생각하면 참으로 이상한 처방이 아닐 수 없다.

조금 이상하긴 해도 다정한 엄마의 처방 덕분인지 나이가 들면서 멀미도 점점 사라지는가 싶었는데 언젠가부터 다시 발목을 잡아왔다. 모처럼 친구가 사는 강화도에 놀러 갔을 때도, 온 가족이 함께 오키나와 여행을 갔을 때도 나는 멀미를 했다. 토하는 나를 보며 올케는 물론 어린 조카들도 적잖이 놀랐을 것이다. 그 이후 모두가 즐거워야 할 여행길이 나로 인해 불편해질까 봐 마음 졸였다. 가고 싶지 않은 회식이나 발표를 앞두고 있을 때와 같이 긴장되는 상황이 아니었음에도 불구하고 멀미를 했다는 사실에 나 자신도 놀랐다. 그러다 문득 이런 생각이 들었다. 어쩌면 나는 차멀미를 하는 게 아니라 세상에 대해 멀미를 하는지도 모른다고.

조금 낯선 상황에 놓이거나 불안한 감정이 올라올 때, 뭔가 거리끼는 마음이 있을 때 차를 타면 어김없이 멀미하는 것 같다. 강변북로를 지나며 멀미 기운에 괴로워했던 그날도, 사실 회식 자리에 가기 싫었던 거다. 두 친구와의 점심 약속만으로도 이미 체력은 다했고, 차가 많이 막히는 상황에서 강남까지 가야 한다는 사실이 부담스럽고 버겁게 느껴졌다. 차라리 회식에 가지 않겠다고, 하루에 연이은 약속은 힘들다고 말을 했으면 됐을 것을⋯ 말로 하지 못한 불편한 마음이 멀미로 이어졌다가 끝내 토해져 나온 것이다.

예민한 마음은 가족이나 친한 친구와의 즐거운 만남조차 온전히 즐기지 못하게 만든다. 그들이 내게 소중한 존재라고 해도, 밖에서 내가 아닌 타인과 긴 시간 부대끼는 것은 힘든 일이다. 때가 되면 에너지를 충전할 혼자만의 시간이 필요해진다. 내가 남들보다 '나만의 시간'을 더 중요하게 여기는 사람이라는 것을 알기 전까진 나도 이런 내가 유별나게 느껴졌다. 유별난 부분을 들키기 싫어 아무렇지 않은 척, 성격 좋은 척했다. 사회생활을 하는 데에, 특히나 살벌한 방송 현장에서 예민함은 쓸모없는 약점이라 여겼기에.

　오랜 멀미 끝에 나는 나 자신을 바로 볼 수 있게 되었다. 남들보다 외부 자극에 민감하고, 조금 느리고, 혼자 있는 걸 더 좋아하는 내가 결코 무능한 사람이 아니란 걸 안다. 그런 나를 감추지 않고 인정해주면서부터 나를 둘러싼 세상 또한 흔들림 없이 편안해지고 있다.

　빠르게 돌아가는 세상은 외향적이고 활력 있는 사람에게 더 많이 이끌리겠지만 나와 비슷한 사람들도 어딘가에서 조용히 자기 길을 가고 있으리란 믿음이 있다. 때로 어느 노래에서, 에세이에서, 영화에서, 미술 작품 속에서 그들을 만난다. 함께 만나 수다를 떠는 것도 의미 있지만 각자의 방에서 서로의 작품으로 만나 말 없는 이야기를 나누는 것도 행복한 일이다.

　나도 그들의 섬세한 마음에 다가가 말을 걸고 싶다. 아직은 서툴지만 예민함을 온전히 인정하고 받아들이는 날이 온다면, 어쩌면 멀미가 영원히 사라지는 기적 같은 일이 생길지도 모르겠다.

2부

예민 나라의

소시민

출발선상의
두려움

드라마 〈청춘시대〉 시즌 1은 지방에서 상경한 대학 신입생 유은재가 셰어 하우스를 찾아가는 것으로 시작된다. "새 학기 새 출발의 설렘이 가득한 3월이 바로 코앞입니다." 버스 라디오에서 DJ의 한가로운 멘트가 들려오지만, 귀밑에 멀미약을 붙인 은재는 설렘보다 두려움이 앞선다. 걱정 가득한 표정 뒤로 은재의 내레이션이 이어진다.

"새 학년, 새 학기, 새 출발… 그때마다 나는 악몽을 꾼다. 나에게 처음이란 것은 늘 설렘보다는 두려움이다."

〈청춘시대〉 시즌 1의 1회 타이틀은 '출발선상의 두려움'이다. 드라마 속 유은재처럼 나에게도 무언가를 새롭게 시작하는 일은 설렘보단 두려움에 가깝다.

새 학기 첫날, 친한 친구와 같은 반이 되지 않은 해에는 누구와 화장실을 같이 가고 점심을 함께 먹어야 할지부터 걱정했다. 어색한 교실과 새로운 담임선생님, 낯선 얼굴의 학우들이 만들어내는 낯선 공기가 불편했다. 3월 초는 겨울도 봄도 아닌 어정쩡한 시기다. 아직 쌀쌀하지만 코트를 걸쳐 입기엔 무겁고, 난방을 켜기엔 더운 애매한 계절. 그런 계절에는 건물 바깥보다 건물 안이 더 서늘하고 춥다. 내겐 3월의 교실이 그랬다. 시멘트의 차가운 냉기가 교복 안쪽까지 파고드는 느낌….

체육 시간에 100m 달리기를 할 때면 내 차례가 오는게 늘 두려웠다. 출발선 앞에서 총소리를 기다리며 준비 자세를 취하는 그 시간이 너무나도 긴장됐기 때문이다.

탕! 일단 총소리가 울리면 어떻게든 달리게 된다는 것

을 알고 있지만 출발선상에서 총소리를 기다리는 그 몇 초의 시간 동안은 정말이지 숨이 막혀 온다. 반사 신경이 느린 나는 총소리가 울리는 순간, 움칫 놀라 뒤로 주춤하느라 남들보다 한발 늦게 출발하곤 했다.

내가 그토록 긴장하고 떨었던 이유는 아마도 '잘하고 싶은 마음' 때문일 것이다. 꼴찌를 한다면? 행여 실수로 넘어지기라도 한다면? 모두의 시선이 나에게로 향할 것이고, 나는 망신을 당할 것이다. 망신을 당하면 친구들이 나를 우습게 보겠지. 그럼 학교생활에 적응하기 힘들지도 몰라. 닥치지도 않은 미래의 상황이 무의식적으로 자동재생된다. 최악의 상황을 막으려면 최대한 실수 없이 잘해야만 하는 것이다. 결국 '잘하고 싶은 마음' 깊숙한 곳에는 남들의 시선에 예민하게 반응하는 수치심과 그로 인한 두려움이 자리하고 있었다.

새 학기, 낯선 교실에서도 마찬가지다. 친구를 사귀지 못한다면? 금세 친해져 시끌벅적 점심을 먹는 학우들 사이에서 나 혼자 밥을 먹게 된다면? 친구도 없는 나를 학우들이 뒤에서 비웃진 않을까? 바보 같고 한심해 보이지 않을까? 그렇다고 먼저 다가갈 용기도 없다. 혼자서도 당당하고 싶었지만, 당장은 친구가 없더라도 천천히 마음에 맞는 친구를 사귀게 될 거라는 의연함을 갖고 싶었지만 불안한 마음이 먼저 올라왔다.

훌쩍 나이가 든 지금도 새로운 모임에 나가 자기소개라도 해야 할 일이 생기면 내 차례가 되기 전부터 가슴이 콩닥거리고 얼굴이 빨개진다. 혹시라도 실수해서 처음 만나는 사람들에게 좋은 인상을 주지 못할까 봐. 목소리가 떨리거나 말을 더듬기라도 할까 봐. 처음 보는 사람들 앞에서 망신을 당한다면 내 의지와 상관없이 시도 때도 없이 그 장면이 불쑥 머릿속에 떠올라 괴로워질 게 분명했다.

한번은 평소 팬이었던 드라마 감독님에게 연락 온 적이 있었다. 공모전에 제출했던 내 드라마 대본을 보고 한번 만나보고 싶었다는 것이다. 당선이 되지 않더라도 종종 그런 연락을 받는 경우도 있다는 말을 들은 적 있지만, 나에게도 이런 일이 생기다니 기대감과 함께 기쁨이 밀려왔다.

하지만 기쁨도 잠시, 다음 날 약속을 잡고 감독님을

만나기 전까지 내 마음은 학창 시절 100m 달리기 출발선에서 총소리를 기다릴 때와 같았다. 물론 설렘이 없었다면 거짓말이지만 두려움과 긴장으로 바짝 얼어 있던 나는 감독님과 대화를 나누는 내내 낯가림과 어색함, 불편함의 엇박자 속에서 허우적댔다.

내가 소개팅을 싫어하는 것도 바로 이런 이유에서다. 처음의 긴장으로 인한 경직된 태도가 '나'라는 사람의 진짜 매력을 퇴화시키는 기분이 든다. 겉모습으로 나를 판단하고 재단하는 상대의 시선이 느껴지면 더 불편하고 부자연스럽게 행동하게 된다. 작은 테이블을 앞에 두고 서로 마주하고 있지만, 상대와 나의 마음의 거리는 끝없이 멀어지고 만다. 안타까운 점은 그럴수록 나의 매력을 표현하기가 더 서툴고 어려워진다는 것이다.

나태주 시인의 시구절을 빌려 이야기하자면 나는 오래 보아야 예쁘고, 오래 보아야 편해지고, 오래 보아야 제 실력이 나오는 사람이다. 하지만 빠르게 돌아가는 세상에서 낯선 이를 오래 봐주기는 쉽지 않다. 그런 이유로 나는 나를 오래 지켜봐 주는 사람이 없으리라 지레짐작하며 늘 뒤로 주춤 물러서곤 했다.

출발선상에서 의연하고 능숙하게 달려나가는 친구들이 늘 부러웠다. 낯선 사람을 만나도 오랜 친구처럼 금세 친해지고 처음 하는 일도 뚝딱뚝딱해내는 이들의 능력이 놀랍게 느껴졌다. 그런 사람들은 언제나 사람들의 중심에 있었고 빛이 났다. 그들은 언제나 나를 주눅 들게 했다.

그날 감독님을 만나고 돌아오는 길에 서점에서 책을 한 권 샀다. 일본의 정신과 의사가 쓴 『처음이 어색할 뿐입니다』라는 제목의 책이었다. 부제는 "꼼꼼하고 성실하지만 조금 낯을 가리는 당신을 위한 처방전." 문제가 생기면 책에서 답을 찾는 나는 제목을 보자마자 곧장 책을 구입했다.

책을 읽으면서 가장 인상적이었던 부분은 낯가림과 불안을 만들어내는 것이 '인지 왜곡'이라는 사실이었다. 인지 왜곡이란 사고방식의 습관을 말하는데, 어떤 상황에 대해 부정적으로 인지할 때 부정적 감정이 생겨난다고 한다. 그러니까 나의 경우, 새로운 사람을 만나거나 일을 시작하기 전부터 안 좋은 결과를 먼저 상상해서 불안한 감정을 만들어냈던 것이다. 부정적 결과가 아니라 긍정적 결과를 떠올리며 좋은 감정을 느낄 수도 있었는데 말이다.

내 문제의 원인을 알게 된 것도 큰 수확이었지만, 무엇보다 책 제목인 '처음이 어색할 뿐'이라는 문장이 큰 위로가 되었다.

처음이 어색할 뿐이니 얼마나 다행인가. 다시 말하면 처음만 어색할 뿐이니 언제나 희망은 있는 것이다. 달리기도 그렇다. 처음 총소리만 끝나면 죽이 되든 밥이 되든 달려나가게 되어 있고, 결과가 어쨌든 상황은 끝이 나는 법이다. 처음만 지나가면 어느새 교실도 익숙해지고, 새로운 친구도 사귀게 된다. 생각해보면 연애도, 일도 다 그랬다. 처음 시작만 잘 넘기면 나의 매력과 실력은 차고 넘칠 만큼 발산되지 않았던가. 오래 보아야 예쁘고, 오래 보아야 편해지고, 오래 보아야 제 실력이 나오는 사람이라면 오래 보여주면 되는 일이다. 알아서 미리 뒤로 물러설 것도 없다. 낯설고 어색한 첫 순간에 긴장하고 당황할 필요도 없다. 어차피 우리는 오래 볼 것이기에….

예전 같았으면 부끄럽고 창피하다는 이유로 그 감독님에게 다시 연락하는 일은 없었을 것이다. 이미 무언의 거절을 당한 것 같은 주관적 느낌이 있었으니까. 하지만 오래 보고 싶다면 용기를 내봐도 좋지 않을까. 처음이 어색할 뿐이라는 문장을 한참 바라보다가 문득 그런 생각이 들었다. 며칠이 지난 후, 새로 쓴 대본을 메일로 보내며 감독님께 피드백을 부탁했다. 부족한 대본이라고 생각해 별다른 기대를 하지 않았는데 감사하게도 피드백을 받을 수 있었다. 실질적인 성과로 이어지진 않았지만 수치심과 두려움 뒤로 물러서지 않은 나 자신에게 박수를 보내주고 싶다.

〈청춘시대〉 시즌 1을 보면서 의연하고 능숙해 보이는 사람들도 각자의 위치에서 나름 애쓰고 노력하고 있다는 것을 배웠다.

앞으로 무언가를 새로 시작하게 되거나 낯선 이와 처음 만나는 일이 생겼을 때, 또다시 가슴이 콩닥콩닥 뛰고 얼굴이 빨개진다면 마음속으로 이렇게 말해보아야겠다.

"괜찮아. 아무 문제 없어. 만약 실수를 하거나 바보같이 보이더라도 그건 내 진짜 모습이 아니야. 어차피 처음이 어색할 뿐이잖아. 그러니 긴장 풀고 씩씩하게 한번 부딪혀보는 거야."

예민하고 낯을 가린다는 핑계로 일부러 냉랭하게 벽을 치지만 않는다면, 누군가는 나의 진심과 숨겨진 매력을 분명 알아주지 않을까. 혹여나 나를 알아주는 이가 없더라도 괜찮다. 나의 진짜 모습을 이제 내가 잘 알고 있으니 말이다.

애쓰지 않아도
괜찮아

나는 늘 애쓰는 사람이었다.
특히 새로운 일을 시작할 때는 평소보다 더 애를 썼다.
프리랜서라는 직업의 특성상 낯선 장소에서 처음 만난
사람들과 일을 할 때가 많은데, 그때마다 매번 입사시험
을 치르고 면접을 보는 느낌이었다. 과도하게 애쓴 탓에
목과 어깨가 딱딱히 굳는 건 일상이다.

사회생활 초창기 때는 함께 일하는 피디나 클라이언

트에게 신뢰를 주기 위해, 쉽게 말하면 일 못한다고 무시당하지 않기 위해 애썼다. 경력이 어느 정도 쌓이고 나서부터는 나를 믿고 일을 맡기는 상대를 실망시키지 않기 위해, 이름값을 하기 위해, 받는 돈만큼의 몫을 하려고 애썼다.

이러나저러나 애를 쓰며 살아온 인생이다. 직업인으로서 어느 정도의 노력은 마땅한 책임감이 아닐까 싶기도 하지만 에너지를 무리하게 소비하면서까지 애를 쓰는 건 육체적으로나 정신적으로나 여간 힘든 일이 아니다. 특히나 남들보다 금세 지치고 피곤해지는 나로서는 에너지를 잘 보존하는 것도 돈을 버는 것만큼이나 중요하다.

잘 지켜지진 않지만 내겐 애씀의 균형점이라는 게 있다. 하루 동안 최적의 상태로 최고의 효율을 낼 수 있는 에너지 적정선이라고 할까. 급한 불을 꺼야 하는 상황이 아니라면 아무리 중요한 일이라도 오늘치의 애씀, 그 이상은 쓰지 말자는 다짐이다.

하지만 말이 애씀의 균형점이지, 저울로 재듯 딱 떨어지는 기준이 있는 것은 아니어서 일을 '하는' 내가 느끼는 지점과 일을 '맡긴' 상대가 느끼는 지점에는 상당한 차이가 있을 수밖에 없다. 때로는 일을 맡긴 상대와는 별개로, 더 잘 해내려는 욕심에 무리하게 균형점을 넘어설 때도 있다.

일할 때의 육체적, 심적 피로도를 과학적으로 측정하여 한계치로 정한 수치를 넘어서는 순간 '삐' 하고 경보음이 울린다면 어떨까. "자, 이제 애씀은 여기까지. 더 이상 애쓸 필요 없습니다." 경보음과 함께 다정한 목소리의 안내음이 따뜻한 위로를 건넨다면 안심하고 노트북 전원을 꺼버릴 수 있을 것 같다.

맡은 일을 잘 해내려는 마음이나 책임감을 느끼는 마음이 잘못된 것은 아니다. 건강한 수준의 프로 의식은 분명 권장할만한 덕목이다. 문제는, 애씀의 근원에 프로 의식이나 책임감이 아닌 열등감이 교묘하게 똬리를 틀고 있다는 점이다. 스스로 결핍됐다 여기는 부분을 과도하게 메꾸려는 마음이 늘 문제의 주범이다. 인정받고 싶은 마음, 상대의 마음에 들고 싶은 마음, 완벽하게 해내려는 마음이다. 이런 마음들은 대체 왜 나타나 나를 힘들게 하는 걸까?

대개는 과장된 의지에서 비롯되는 경우가 많았다. '잘

해내고 말겠어', '내 실력을 제대로 보여줘야지' 하는 생각
으로 이를 악물며 새끼발가락까지 힘을 주는 것이다. 처
음부터 '짠' 하고 나의 존재감을 보여주려는 전략이다. 하
지만 안타깝게도 그 전략이 매번 성공하는 것은 아니다.
내가 정한 애씀의 균형점을 넘어서며 일을 했음에도 불
구하고 좋지 않은 피드백을 받을 확률은 늘 있다. 좋은
피드백을 받고 싶은 것은 어디까지나 나의 마음일 뿐이
고 상대의 마음은 다를 수 있으니까. 상대의 선택과 판단
까지 내가 좌지우지할 수는 없다. 실력의 문제가 아니라
바라보는 관점과 시선의 차이일지라도 좋지 않은 피드백
을 받을 때는 마음이 상한다. 본래의 의도, 그러니까 상
대의 마음에 들고 싶다는 목적 달성에 실패했다면 다음
스텝에서는 더 애를 쓰지 않으면 안 된다. 빠져나올 수
없는 악순환의 고리에 제 발로 걸려드는 꼴이다. 생각만
해도 피곤한 일이다.

   운이 좋아 긍정적인 피드백을 받았더라도 기쁨은 잠
간일 뿐, 결과적으로는 실패한 것이나 마찬가지이다. 그
이유는 '애씀'의 필연적 속성 때문이다. 어리석게도 오랜
시간 동안 애를 쓰면서 에너지를 바닥까지 소모하고 나

서야 이 사실을 알게 되었다. '애씀'은 그 안에 '부족함'이라는 어둠을 품고 있다. 애씀과 부족함은 한 세트이다. 애를 쓰면 쓸수록 우리는 점점 더 부족한 자신을 만날 수밖에 없는 가혹한 운명으로 빠져들고 만다.

과도하게 애쓰지 않으려면 잘해서 인정받으려는 마음을 내려놓아야 한다. 미움받을 용기까지는 없더라도 예쁨 받고 싶은 욕망은 내려놓자. 스스로 부족하다 여기기 때문에 그런 마음이 생기는 것이다. 나는 타인에게 인정받아야만 존재감이 생기는 그런 사람이 아니다. '나'라는 존재 자체만으로 유일무이한, 멋진 사람들 가운데 가장 멋진 존재다.

그러니 이제 애쓰지 않으련다. 애쓰지 않겠다는 말이 대충하겠다는 뜻은 아니다. "실수해도 괜찮아. 할 수 있는 만큼만 해" 같은 말들로 무리하게 애쓰는 마음을 상쇄시켜서 불필요한 힘을 빼겠다는 말이다.

하지만 이런 말들이 당장 나에게 큰 도움이 되지는 않는다. 언젠가 잘못하거나 실수를 하더라도 괜찮아지는 날이 올지 모르겠지만 아직은 아니다. 내 실수로 일을 그르친다고 생각하면 더 불안해진다. 잘하지 못해도 괜찮다, 실수해도 괜찮다는 다짐은 현재로서는 말뿐인 거짓 위로다. 할 수 있는 만큼만 하기도 쉽지는 않다. 할 수 있는 만큼이 어느 정도인지 측정 불가능할뿐더러, 적당히 해놓고서 이 정도가 할 수 있는 만큼의 최대치라며 핑계를 댈 게 뻔하기 때문이다.

지금의 나에게 가장 최적의 말은 "즐기면서 해, 놀듯이 해" 같은 말들이다. 놀이처럼 즐기는 것이라면 애쓰지 않아도 된다. 놀이라면 애초에 애를 쓴다는 말 자체가 성립되지도 않는다. 어린아이들이 땀을 뻘뻘 흘리고 숨을 헐떡거리며 뛰어노는 모습을 보더라도 애쓴다는 생각은 들지 않는 것처럼.

공룡을 좋아하는 어린 조카는 애쓰지 않아도 그 어려운 공룡들의 이름을 줄줄이 꿰고 있다. 보고 읽어도 발음이 쉽지 않은 이름을 술술 말할 때마다 조카의 천재성에 감탄한다. 조카뿐만 아니라 어린아이들은 모두 천재다. 애쓰지 않고도 하루를 신나게 즐길 수 있는 놀이의 천재들. 잘 논다고 칭찬받을 생각 따위는 추호도 없다. '못 놀면 어떡하지' 하는 두려움도 없고, '내가 친구들 중에 제일 못 놀아' 같은 열등감도 없다. 아이들의 놀이엔 적당히

나 대충이 없다. 그냥 마음이 꽂히는 대로 즐기며 자연스
럽게 몰입할 뿐이다.

결국 타인의 인정을 바라지 않고 온전히 자신의 일에
몰입할 수 있는 사람만이 애쓰지 않고도 놀듯이 즐기며
자신의 베스트를 다할 수 있는 법이다.

이렇게 애쓰지 말자고 세계 외치고 있는 걸 보니 아이
러니하게도 애쓰지 않기 위해 또 애를 쓰는 모양이다. 애
씀의 강도를 과학적으로 측정하는 시스템은 아니지만 나
름의 바로미터가 있긴 하다. 바로 목과 어깨의 경직 상태
다. 지금 이 순간에도 나만의 바로미터가 경보음을 내며
울리고 있는 걸 보니, 이제 글쓰기를 마쳐야 할 시간이
된 모양이다. 과감히 노트북 전원을 끄고 시원하게 스트
레칭이나 해야겠다. 오늘의 글쓰기도 끝, 오늘의 애쓰기
도 끝.

갈등의
쓸모

대학원 시절 드라마 작법 강의 첫 시간, 유명 드라마를 집필했던 한 작가님의 말씀이 아직도 생생하다. 작가님은 드라마의 핵심은 '갈등(葛藤)'이라고 힘주어 강조하셨다. 갈등의 '갈'은 칡 나무를, '등'은 등나무를 말하는데 칡 나무는 왼쪽으로, 등나무는 오른쪽으로 감아 올라간다고 한다. 결국 이야기 속에서 갈등이란 칡 나무와 등나무가 서로 다른 방향으로 감아 올라가며 서로 얽히듯, 다른 생각(목표, 신념)을 갖고 있는 캐릭터와 캐릭터가 부딪히는 과정을 보여주는 것이다. 갈등이 잘 만들어진 서사일수록 이야기에 흡입력이 생기고 절정에서 카타르시스 또한 강하게 느껴질 수 있다. 이야기를 만드는 작가로서 나에게 반드시 필요한 부분이 바로 갈등을 만드는 작업이다.

하지만 나는 갈등을 끔찍이도 싫어한다. 갈등 상황을 군이 좋아할 사람이 누가 있겠냐마는 살다 보면 어쩔 수 없이 부딪히게 되는 일이란 게 있지 않은가. 물론 갈등이 항상 부정적인 것만은 아니다. 때로 누군가와 갈등이 생긴다는 것은 내 생각과 방향성이 명확하다는 방증이 되기도 한다. 나의 신념을 지키고 실행하기 위해서 싸우고 설득하고 반드시 이겨야만 할 때도 있다. 그럴 때 갈등은 불가피한 선택이 된다.

한번은 지하철에서 웹 소설 〈재혼 황후〉를 보다가 덜컥 숨이 막혔던 적이 있다. 이야기가 너무 재미있어 흠뻑 빠져들었고 빠져들다 못해 마치 내가 이야기의 주인공이 된 것처럼 몰입해버렸는데, 그 세계에서 벌어지는 암투와 음모를 내 마음이 감당하지 못한 것이다.

주인공들이 서로를 미워하고 증오하고 갈등할 때마다 가슴 중앙이 쪼그라드는 느낌이 들면서 목과 어깨가 딱딱해지고 숨이 가빠졌다. 다음 이야기가 궁금해 죽겠는데, 궁금해서 마음이 급해질수록 딱 죽을 것만 같았다. 안되겠다 싶어 보던 화면을 끄고 다음 정거장에서 내린 나는 심호흡하며 한숨 돌렸다. 그날 이후 지하철에서의 감정이 자꾸만 떠올라 더는 〈재혼 황후〉에 손이 가지 않았다. 안타깝지만, 아직까지 그 소설의 결말을 모른다.

드라마나 영화도 마찬가지다. 감정의 최저점과 최고점을 넘나드는 소위 막장 드라마를 잘 보지 못한다. 이를 극복해보고자 드라마 〈펜트하우스〉를 보기 시작했지만, 시즌 1 도중에 하차하고 말았다. 역시나 가슴이 답답해지며 숨이 가빠지는 증상이 나타났기 때문이다.

같은 이유로 좀비물이나 호러, 스릴러도 잘 보지 못한다. 전 세계적으로 인기를 끌었던 드라마 〈킹덤〉도 시즌 1의 앞부분을 보다가 멈추었다. 일단 시각적으로 기괴하고 공포스러운 장면을 보는 게 싫다. 한번 두려움으로 각인된 장면은 내 의지와 상관없이 시간과 장소를 가리지 않고 떠오른다. 특히나 밤에 잠을 자려고 불을 껐을 때

나, 낯선 곳에서 화장실을 가게 될 때, 혼자 타게 된 엘리베이터 안에서 불쑥 떠오르는 공포를 감당할 자신이 없다. 조마조마하게 만드는 긴장감, 아슬아슬 살얼음을 딛는 것 같은 상황을 재미있어하는 사람들도 있겠지만 나에겐 말 그대로 '숨 막히는 공포'일뿐이다.

어쨌거나 이 모든 것은 취향의 문제이니 굳이 불편하고 싫은 것을 찾아볼 필요도 없고, 내가 좋아하는 것을 골라 보면 그만이다. 문제는 대중 서사를 만들고 싶은 작가로서 스스로의 자격에 의문이 드는 것이다. 이야기는 '갈등'이 핵심인데, 갈등 상황이 힘들어 제대로 보지도 못하는 사람이 과연 재미있는 이야기를 만들 수 있을까 하는 자문이다. 내가 쓴 이야기에 대해 업계 관계자들이 말하는 공통의 피드백 또한 극적 서사가 약하다는 점이었다. 극적 서사가 약하다는 말은 결국 갈등이 첨예하지 않다는 말이다.

어떻게든 갈등을 피하는 나의 버릇은 친구와 점심 메뉴를 고르는 사소한 상황에서조차 발동되었다. 친구가 피자를 먹고 싶다고 하면 나는 평양냉면이 미치도록 먹고 싶어도 피자가 먹고 싶은 척했다. 그래야 갈등이 생기지 않을 테니까. "오늘은 평양냉면 먹자!"라고 말하는 순간, 썩 내키지 않아 할 친구의 반응을 견딜 수 없을 것 같았다. 그럴 바엔 차라리 평양냉면을 포기하고 친구가 좋아하는 피자를 먹는 게 더 마음 편했다. 나도 피자를 싫어하는 건 아니니까. 그래놓고 그런 상황이 계속 반복되면 친구는 나를 전혀 배려하지 않는 것 같은 기분에 화가 나기도 했다. 갈등은 피한다고 피해지는 것이 아니었다. 피했다고 생각했지만, 해결되지 못한 갈등은 어떻게든 터져 나오기 마련이었다.

왼쪽으로 감아 올라가는 칡 나무와 오른쪽으로 감아 올라가는 등나무는 서로 얽히며 끝내 어떻게 자라날까? 평양냉면이 먹고 싶은 나와 피자를 먹고 싶은 친구가 오늘 꼭 그 음식을 먹어야 하는 각자의 분명한 이유를 갖고 끝까지 부딪힌다면 어떻게 될까?

현실에서도 상상하기 쉽지 않으니 이야기 속에서 흥미로운 갈등 상황을 만드는 일이 그토록 요원했던 거다. 갈등을 바라보는 시선을 바꿔보려 마음먹었을 때 어느 작가의 글에서 이런 문장을 보았다.

"정반합 가운데 반을 담당하고 있습니다."

정반합으로 돌아가는 세상에서 자신은 '반'을 맞고 있다는 말이 울림 있게 다가왔다. 이런 마음이라면 '반'의 위치에서 한판 멋있게 싸워볼 수 있을 것 같았다. 그동안 현실에서도, 이야기 속에서도 갈등이 싫어 회피했는데 '반'을 담당한다는 마음으로 세상과 마주한다면 갈등을 직면할 수 있는 용기가 생겨나지 않을까.

'합'에 이르기 위해서는 '정'만으로는 불가능하다. 반드시 '반'이 있어야만 한다. 그러니 '정'과 '반'의 팽팽한 갈등은 불편하고 소모적이기만 한 싸움이 아니라 문제를 해결하고 답을 찾아가는 성장의 시간이 될 수도 있다.

작가로서 이야기의 갈등을 만들고 해결하는 과정을 촘촘히 풀어내다 보면 현실에서 마주하게 될 갈등 역시 조금은 더 성숙한 시선으로 바라볼 수 있지 않을까. 갈등을 겪는다고 해서 뾰족뾰족한 인간이라는 뜻은 아니다. 오히려 갈등이 나를 똥글똥글하게 만드는 하나의 과정임을 깨달을 수 있을지 모른다.

맹물의
마음

맛도 모르겠네. 색도 모르겠네. 무슨 냄새인지도 모르겠네. 어떤 향기인지 알고 싶네.

맛도, 색도, 냄새도 알 수 없는 '이것'은 무엇일까? 난센스 퀴즈는 아니다. 수수께끼도, 스무고개도 아니다. 몇 년 전 종로도서관에서 〈중년을 위한 마음치유 글쓰기 수업〉의 강사로 프로그램을 진행한 적이 있는데, 그때 수업에 참여했던 한 수강생이 쓴 글이다.

자연의 수많은 사물 가운데 하나를 골라 그 사물의 목소리로 '나'를 표현한다면 당신은 무엇을 택하겠는가. 그가 선택한 것은 '물'이었다. 떨리는 목소리로 자신이 쓴 글을 읽고 난 후, 그는 이렇게 덧붙였다.

"저는 50여 년을 맹물처럼 살아왔어요. 맛도, 색도, 향기도 없고… 제가 누구인지 모르겠어요."

명법 스님의 책 『은유와 마음』에는 이런 구절이 나온다.

"그저 닮은 물건에 자신을 빗대어 말할 뿐인데 지금까지 어느 누구에게도 말하지 않았던, 심지어 자기 자신도 모르고 있던 자신의 모습이 드러난다."

그가 자신을 물에 빗대어 표현하는 순간, 그동안 생각해왔던 자아상이 고스란히 수면 위로 드러났다. 누군가는 물이 된다면 자유롭고 행복하리라 생각할 수도 있을 것이다. 정체되지 않고 어디든 흘러갈 수도 있고, 흘러 흘러 드넓은 바다로 갈 수도 있으니 얼마나 멋진 일인가. 하지만 그에게 물은 그런 대상이 아니었다. 맛도 색깔도

향도 없기 때문에 도무지 자기가 누구인지 알 수 없다. 그에게 물이란 공백이자 공허였다.

그의 말에 크게 공감했던 이유는 나 역시도 비슷한 생각을 하며 살아왔기 때문이다. 나 또한 나를 맛도, 색도, 냄새도 없는 '맹물'로 여기면서 사람들이 나를 개성 없고 매력 없는 존재로 여길까 봐 두려웠다.

사람들이 나를 쉽고 만만한 사람으로 볼까 봐, 그러니까 나를 '물'로 볼까 봐 늘 신경 쓰였다. 그럴수록 맹물 같은 내가 더 싫어졌다. 나를 싫어하니 자신감이 없는 것은 당연했다. 속으로는 나를 물로 보지 말라고 뾰족하게 외치면서, 겉으로는 오렌지주스나 콜라가 되기 위해 오랜 시간 노력했다. 그러다 어느 순간 알게 됐다. 오렌지주스나 콜라가 되려 했던 노력은 결국 인공 색소와 인공 향을 첨가하는 일이었음을. 그건 진짜 내가 아니었다.

인식의 전환이 필요했다. 물은 죄가 없다. 죄는커녕 내 몸의 70%를 차지하며 나를 살리는 것이 물이다. 물의 좋은 점을 찾아보기로 했다. 아무 맛이 없어 밍밍한 것 같지만, 목이 마를 때는 맹물만 한 것이 없다. 들척지근

한 콜라와 오렌지주스가 풀어주지 못하는 갈증을 맹물은 해소해줄 수 있다.

또, 단단한 돌처럼 확고한 신념은 없지만 유연하게 흐를 수 있으니 어디든 섞일 수 있다. 고정된 모양이 없으니 네모난 그릇에 담기면 네모가 되고, 동그란 그릇에 담기면 동그라미가 된다. 어떤 모양이든 될 수 있다. 물은 개성이 없는 게 아니라 너무 투명해서 잘 보이지 않는 것뿐이었다. 마치 설원에 핀 흰 꽃처럼 말이다. 한 송이의 새빨간 장미꽃처럼 돋보이지는 않더라도 넓은 들판 가득히 피어난 흰 꽃은 설원의 경관을 해치지 않는다. 눈이 전부 녹더라도 흰 꽃들 덕분에 그 들판은 사시사철 새하얀 풍경을 자랑할 것이다. 물도 이와 같다.

마음치유 글쓰기 수업을 진행하면서 물을 닮은 내 장점이 잘 발휘된 적이 있다. 강사로서, 작가로서 내 목소리를 내기보다는 수업에 참여하신 한 분 한 분의 이야기를 더 많이 들으며 그분들이 수업의 주인공이 될 수 있도록 분위기를 만들었던 경험이다. 비록 내가 돋보이진 않았지만 수강생분들의 감정에 물처럼 스며들어 깊이 공감하려 했던 것이 결과적으로 모두에게 의미 있는 시간이 되었던 것 같다. 종강 후, 수강생분들로부터 그와 같은 피드백을 받았을 때는 물 같은 내 모습이 오히려 좋은 결과를 만들어냈다는 것에 보람을 느꼈다. 구성작가로서 회의를 할 때도 나의 주장을 세게 내세우기보다는 더 좋은 방향으로 흘러갈 수 있도록 유연하게 맞춰나가며 모두가 만족스러운 결과를 만들어낼 수 있었다. 그런 경험들이 반복되면서 물을 닮은 내가 좋아지기 시작했다.

몇 년 전, 명법 스님의 〈은유 스토리텔링〉 프로그램에 참여해 자신을 나무에 빗대어 보는 시간을 가진 적이 있다. 명법 스님은 수강생들에게 자신이 어떤 나무인지, 지금 어디에 있는지, 어떤 감정이 느껴지는지 적어보라고 했다.

처음 떠오른 것은 바다를 바라보고 있는 소나무였다. 다른 소나무들과 함께 바다를 바라볼 수 있어 평화로운 느낌이 들었다. 그런데 시간이 갈수록 어쩐지 아쉬운 마음이 올라왔다. 평생 이렇게만 산다는 게 소나무 입장에서 답답하게 느껴졌다.

한 사람씩 발표하는 시간, 내 입에서 나온 이야기에

스스로도 깜짝 놀랐다.

"소나무는 다른 세상이 더 보고 싶대요."

소나무가 보고 싶어 하는 세상을 떠올려보라는 스님의 말씀에 다시 상상을 시작했다. 문득 과일 농장에서 열매를 가득 맺고 있는 과일나무가 떠올랐다. 처음엔 귤나무이더니 열매가 작은 귤에서 크고 먹음직스러운 한라봉으로 바뀌었다. 제주도의 한가로운 농장에서 적당한 햇살과 바람과 수분을 맞으며 상큼한 과실을 만들어낼 수 있다고 상상하니 소나무로 있을 때보다 재미있고 신이 났다. 땅속 깊은 뿌리로부터 건강한 흙의 에너지를 받아 탐스러운 열매를 맺을 수 있는 한라봉 나무가 좋았다. 할 수 있는 한 몸속 좋은 영양분을 모으고 모아 최고로 맛있고 색이 고운 주홍빛 한라봉을 만들어내고 싶었다.

"앞으로 살아가면서 지치고 힘들 때마다 지금 상상한 한라봉 나무를 떠올려보세요. 본인은 생명력 넘치는 한라봉 나무입니다. 앞으로 멋진 열매를 맺을 수 있을 거예요."

마지막 시간, 스님이 해주신 말씀이 아직도 큰 힘이 되고 있다. 소나무인 채로 살았다면 느껴보지 못했을 새로운 자아상을 한라봉 나무를 떠올리며 발견했다.

　스스로를 맹물이라고 생각했던 수강생은 자신의 색과 맛과 향기를 찾았을까. 아니면 무색무취의 아름다움을 발견하고, 있는 그대로의 자신을 사랑하게 되었을까.

　물론 그의 이야기만큼 궁금한 것은 나의 이야기다. 맹물 같은 밍밍한 사람으로 보일까 봐 전전긍긍하던 나였지만 이제는 나다운 모습을 조금씩 찾아가고 있다. "나를 물로 보지 마!"라고 예민하게 반응하는 대신, "저를 물로 봐주세요. 어디에나 있고, 없어서는 안 되는 소중한 물로요"라고 외치며 너스레를 떨 수도 있을 것 같다. 요즘엔 상황에 따라 무색무취의 장점이 발휘될 때도 있고, 나만의 색을 마음껏 발산할 때도 있다. 물처럼 가만히 스며들어야 하는 순간에는 물이 되고, 한라봉처럼 톡 쏘는 맛을 보여줘야 할 때는 자신 있게 향기를 뿜어내는 사람. 나는 그런 사람이 되고 싶다.

●●●

예민함이
특권이 될 수는
없어

카페에서 친구를 기다리고
있는데 옆 테이블 사람들의 대화가 들려왔다. 일부러 들
으려고 한 것은 아니었지만, 그들의 강한 어조에 실린 격
한 감정이 테이블 넘어 고스란히 내게 전달되었다. 20대
중후반 정도로 보이는 그들은 드라마 촬영 현장에서 일
하는 스텝인 것 같았다. 배우의 실명이 거론되진 않았지
만 대화의 정황상 모두가 선망하는 유명 배우와 함께 일

을 했던 것으로 추측됐다.

대화의 요지는 이랬다. 친절하고 상냥한 이미지로 사랑을 받는 배우가 뒤에서는 얼마나 까칠하고 예민하게 구는지 모른다, 같이 일하면서 스트레스를 받는다, 더 이상 받아주는 데 한계를 느낀다는 것이었다. 진실이란 한쪽 말만 들어서는 알 수 없는 법이지만 그럼에도 불구하고 내 마음은 기꺼이 일면식도 없는 그들의 편이 되었다. 나 역시도 사회생활을 하며 그들과 같은 경험을 한 적이 있었기 때문이다.

정글과도 같은 사회에서 어떻게든 살아남으려면 강자가 되어야 하는데, 강자가 되는 쉽고 비겁한 방법이 하나 있다. 힘이 없거나 약해 보이는 이들을 교묘하게 짓누르는 거다. 물리적인 힘으로 무자비하게 짓밟는 것과는 다르다. 그들은 까다롭고 예민한 성격을 뾰족하게 내세우면서 남들과는 다른 특별한 위치로 자신을 끌어올리고는 자기 발밑에 있는 이들이 알아서 비위를 맞추게끔 만드는 전략을 펼친다.

다른 사람의 감정과 기분을 민감하게 감지하는 나는 종종 이런 부류들의 먹잇감이 되었다. 그들을 위한 배려는 나를 만만한 상대로 여기게 만드는 빌미가 되었다. 공감 능력이 발달한 사람은 약자가 되기 쉽다. 호의가 계속되면 권리인 줄 안다는 명언은 그렇게 탄생한 것일 테다.

자신의 유별난 예민함을 개성으로 포장하는 사람들을 보면 화가 난다. 예민함을 개선해야 할 결함이라 여기며 살아온 나에게는 그들의 태도가 매우 오만하게 느껴지는 거다. 그런 사람들을 만날 때마다 자칫 나의 예민함으로 인해 타인에게 불편을 줄까 봐 노심초사했던 지난 시간, 둥글둥글 털털해지려고 노력했던 시간이 몹시 공허하게 느껴진다.

어떤 이유로든 예민함은 특권이 될 수 없다. 그저 다양한 성격과 기질 가운데 하나일 뿐. 어쩌다가 그런 기질로 타고난 것 그 이상도 이하도 아니다. 그러니 특권이 아니라 숙명이라고 하는 게 더 적절한 표현일지 모른다. 그렇다고 해서 예전의 내가 생각했던 것처럼 반드시 고쳐 없애야 할 결함도 아니다.

예민한 기질을 타고난 사람은 평생에 걸쳐 자신의 예민함을 섬세하게 깎고 다져서 부드럽지만 단단하게 만들어야 한다. 고혈압 환자들이 꾸준히 혈압약을 복용하는 것처럼 예민한 사람 또한 매일매일 스스로를 살펴서 자신의 예민함을 섬세하게 돌봐야 한다.

이제는 안다. 강자인 척 예민하게 굴었던 그들이 실은 제일 겁쟁이였다는 것을. 날카롭고 뾰족한 가시를 세워 선제공격하는 것만이 강자라고 믿는 이들…. 과장된 예민함으로 자신을 포장하는 게 자아가 또렷해지는 길이라는 착각에 빠져 있던 이들은 사실 그 누구보다 나약한 존재들이었다.

한편으론 이런 의문이 든다. 나는 그들과 얼마나 다를까? 내 내면은 얼마나 단단할까? 여태껏 예민한 부류들의 희생양은 나였다고 생각했다. 그러나 내가 누군가에겐 가해자인 순간도 분명 있었을 것이다.

약자가 되는 이유는 공감 능력이 발달해서가 아니라, 공감 능력을 균형 있게 사용하지 못했기 때문이다. 상처받는 게 무서워 다른 사람을 배려하는 척했지만, 사실은 나 자신을 보호하기 바빴던 과거의 모습은 이제 버리려 한다. 마음을 열고 타인의 마음에 섬세하게 귀 기울이는 것이야말로 내 예민함을 균형 있는 공감 능력으로 바꾸는 길일 것이다.

하지만 여전히 나는 뾰족하고 날카로운 기질로 상대를 무력화시키는 이들이 두렵다. 언제든 그들이 날리는 선제공격의 대상이 될까 봐 불안해진다. 링 위에서 경기가 시작하자마자 강편치를 맞고 녹아웃당하기는 싫다. 상상만으로도 자존심이 상한다. 그렇다고 해서 내가 선제공격을 날리는 비겁한 사람이 되고 싶진 않다.

한때 나는 예민함을 특권으로 삼아 권력처럼 휘두르는 이들에게 지지 않기 위해 나 역시 '특권'을 갖고 싶었다. 내 노력으로 내가 속한 분야에서 최고의 실력을 갖추는 것. 그게 바로 내가 가질 수 있는, 가져야만 하는 특권이라고 믿었다. 최고의 실력을 인정받는다면 나는 누구보다 강자가 될 수 있을 것만 같았다.

불행인지 다행인지 모르겠지만, 나는 최고 실력의 소유자가 되지 못했다. 최고라는 특권으로 우쭐해할 기회를 주지 않은 신에게 감사한다. 덕분에 나는 지금 아무런 특권 따위 없어도, 특별한 가면을 쓰지 않아도 스스로 강해지는 법을 배우는 중이다.

망하는 게
어딨어?

나의 예민함은 넘치는 상상력 때문이다. 상상력이라고 해서 예술가나 과학자들의 창의적인 능력을 떠올린다면 오산이다. 뭐, 매사 최악의 상황을 떠올릴 수 있는 상상력도 재능이라면 재능일까. 상상에 예민함이 더해지면 내가 예측하는 시나리오는 늘 비극으로 끝난다. 인간의 뇌는 상상과 현실을 구별하지 못한다는데, 상상 속에서 새드엔딩을 경험한 마음은 미리 겁을 내고 더 예민해지고 만다.

　말하자면 이런 식이다. 글을 쓰기 위해 노트북을 켠다. 첫 문장을 쓰기도 전에 '망할 놈의 상상력'이 먼저 발동하기 시작한다. 상상 속에서 나는 백지에 한 글자도 채우지 못한다. 뭔가 끼적이긴 하는데, 읽어줄 만한 문장이라곤 하나도 없는 쓰레기다. 어찌어찌 글을 쓰긴 했다만 읽어주는 이도 없다. 되돌아오는 것은 비난과 조롱뿐. 상처받은 나는 방구석에 틀어박혀 글을 쓰려 했던 자신을 원망한다. "처음부터 글 같은 건 쓰지 말아야 했어. 그랬다면 상처받을 일도 없었을 텐데…." 상상 속 나의 대사가 이렇게 끝이 날 때쯤, 현실의 나는 반사적으로 노트북 전원을 끄고 만다. 그리고는 '글쓰기'의 'ㄱ'자만 들어도 가시에 찔린 듯 몸서리친다. 마음의 평화를 위해 한동안 '글쓰기'라는 단어는 내 눈에 띄어서도, 귀에 들려서도 안되는 말이 된다.

　좀 과장해서 말했지만 나의 예민함이 작동되는 메커니즘은 대개 이런 과정을 거친다. 내 성격을 잘 아는 한 친구는 나에게 '걱정 달팽이'라는 별명을 붙여주기도 했다. 달팽이 집처럼 걱정 주머니를 버겁게 짊어지고 다닌다는 의미에서였다. 때로 걱정 주머니는 쓸모가 있다. 나에게 해가 될 사람은 멀리하게 하고, 상처받을 만한 상황은 아예 만들지도 않는다. 위험한 곳을 피해 가도록 알려주는 것도 걱정 주머니다. 돌다리도 두들겨보고 건너라는 속담도 있지 않은가. 내 걱정 주머니는 돌다리를 두드려주는 역할을 한다.

예민함도 유전인 걸까. 일하느라 바쁜 엄마 대신 나를 키워준 할머니야말로 진정한 '걱정 달팽이'였다. 자식들 걱정으로 노심초사, 전전긍긍하던 할머니는 늘 판피린을 달고 다녔다. 감기약인 판피린이 할머니에겐 신경안정제였던 셈이다.

할머니에 대해서라면 유독 떠오르는 기억이 하나 있다. 언젠가 집에서 메밀전병을 만들다가 실패했던 때였다. 완전히 망했다며 속상해하는 내게 할머니는 뜬금없이 이렇게 말씀하셨다.

"망하는 게 어딨어? 하다 보면 다 잘되는 거지…."

평생을 망할까 봐 걱정하며 살던 할머니가 그런 말씀을 했다는 게 내겐 충격이었다. 그로부터 얼마 지나지 않아, 할머니는 눈을 감으셨다. 인생의 마지막 순간에 내게 깨달음을 주고 싶으셨던 걸까. 당신처럼 걱정만 하면서 살지는 말라고, 걱정만 하고 살기엔 인생은 짧다고.

나는 걱정 주머니를 차근차근 내려놓기 시작했다. 양손이 가벼워지자, 그제야 돌다리를 두드리고 또 두드리며 전전긍긍했던 내 모습이 눈에 들어왔다.

그러나 부정적인 상상이 무조건 나쁜 것만은 아니다. 영화 〈인사이드 아웃〉에는 끊임없이 부정적인 상상을 하는 '슬픔이'와 긍정적인 에너지로 가득 찬 '기쁨이'가 나온다. 기쁨이는 슬픔이의 상상력이 쓸모없다고 느끼지만, 정작 위험에 처했을 때 해결책을 제시한 것은 슬픔이었다. 결과적으로 슬픔이 있기 때문에 기쁨을 특별하게 느낄 수 있고, 긍정적인 상황을 만들기 위해서는 부정적인 상상 또한 필요하다는 영화의 엔딩은 내게 큰 울림을 주었다.

마음의 평화를 위해 나에게 상처 주는 것들을 멀리하겠다는 의지는 매번 실패로 끝난다. 세상 돌아가는 이치가 다 그렇듯, 피하려고 하면 할수록 더 다가오는 법. 그러니 진정 마음의 평화를 원한다면 억압하고 방어할 것이 아니라 꺼내 들여다보고 흘려보내거나 호기롭게 넘어가야 한다.

먼저 내 안의 진정한 욕망을 들여다본다. 나는 진짜 글을 쓰고 싶은가? 아니면 글 잘 쓰는 사람들이 부러워서 그저 한번 흉내 내보려는 것뿐인가? 후자라면 예민해지는 것도 욕심이고 시간 낭비다. 만약 전자라면 부정적인 상상력을 좀 다르게 활용해보는 거다. 최악의 상황을 상상할 수 있다면 최고의 상황을 상상할 수도 있지 않을까. 예민한 마음을 잘 가다듬으면 마치 실제 영화를 보듯 디테일한 상상도 가능하지 않을까.

상상 속에서 나는 백지 위에 술술 문장을 써 내려간다. 문장과 문장 사이, 빈 행간에서도 빛이 날 만큼 의미가 멋있게 완성되어 간다. 내 인생에서 최고로 잘 쓴 글이다. 많은 사람이 내 글을 읽고 좋아한다. 독자들과 소통하며 가슴이 뛴다. 내가 쓴 책이 베스트셀러가 된다….

말도 안 되는 상상을 펼치는 동안 "착각하지 말라"는 혼잣말이 비웃음처럼 들려오지만 이제 나는 좀 뻔뻔해지고 싶다. 어쨌거나 이렇게 글을 쓰고 있다는 것만으로 상상의 효능은 증명된 셈이다. 적당한 상상력과 약간의 걱정 주머니, 그리고 **뻔뻔한** 자신감만 있다면 망할 일은 없을 것이다.

3부

욕망은

어디에나 있다

닮고 싶은
것들

　　　　　　　　　　　　세상에는 닮고 싶은 것들이
참 많다. 끝없이 펼쳐진 푸른 하늘의 한가로움, 겨우내
언 땅을 뚫고 올라오는 새싹의 강인함, 조건 없이 사랑
을 표현하는 강아지의 순정, 신선한 파프리카의 선명한
색감, 고양이의 무심한 듯 도도한 얼굴… 할 수만 있다
면 이들 곁에 바짝 붙어서 기운을 쏙쏙 빨아들이고 싶은
마음이다. 비단 나만 이런 생각을 하는 것은 아닌 모양이

다. "밤이 오면 수국 한 알을 따서 착즙기에 넣고 즙을 짜서 마실 거예요. 수국의 즙 같은 말투를 가지고 싶거든요."라는 이원하 시인의 글에서는 수국을 닮고 싶은 시인의 간절한 마음이 느껴진다.

닮고 싶다는 마음은 일종의 질투다. 질투는 소유욕으로 이어진다. 옹졸한 마음 때문에 일을 그르친 어느 날에는 가슴을 활짝 열고 있는 하늘에 나도 모르게 질투를 느꼈다. 하늘의 무한한 마음을 훔치고 싶었다. 하늘의 드넓은 공간을 훔쳐서 내 심장 옆에 무허가 확장 공사라도 하고 싶었다. 무색무취로 무기력하게 사그라들어 간다고 느끼던 어느 오후에는 냉장고 속 노랗고 빨간 파프리카가 얄미울 정도로 예뻐 보였다. 파프리카의 색깔을 갖고 싶어서 생 파프리카를 썰어 와작와작 씹어먹었다. 파프리카의 선명한 색이 오래오래 온몸에 스며들도록.

사실 제일 닮고 싶은 대상은 사람이다. 나에게 부족한 것을 넘치게 갖고 있는 사람…. 내 주위에는 유난히 빛나는 사람들이 많다. 세상을 바라보는 시선이 남다른 H, 말을 조리 있고 예쁘게 잘하는 S, 섬세한 감성으로 자신을 표현하는 P, 언제 어디서나 당당하고 에너지 넘치는 K. 멋진 작품을 만들어내는 다양한 분야의 창작자들과 불굴의 정신력을 가진 운동선수들은 또 어떤가. 수국처럼 그들을 착즙기에 넣고 갈아 마실 수는 없는 노릇이니 어떻게 하면 그들의 시선과 말투, 감성과 태도를 나도 가질 수 있을까 궁리해보곤 한다. 오랜 고민 끝에 찾아낸 나만의 방법은 이렇다. 온전히 그들이 될 수는 없지만, 질투하지 않으면서 그들의 능력을 내 것으로 만드는 방법이다.

아침부터 피곤하고 힘이 빠지는 어떤 날엔 BTS의 'Dynamite'를 듣고 또 듣는다. 'Dynamite'의 리듬과 텐션을 마음의 착즙기로 짜내서 마시고 또 마신다. 그러다 보면 어느샌가 그 리듬에 맞춰 어깨가 들썩여지고 엉덩이가 바닥에서 가볍게 떨어진다. 뭐라도 할 수 있을 것 같은 마음이 드는 거다.

섬세한 감수성과 문체가 닮고 싶을 때는 이원하 시인의 시 〈제주에서 혼자 살고 술은 약해요〉를 한 자 한 자 필사한다. 수국의 즙을 짜 마시는 시인의 시를 씹고 또 씹어먹는다. 그의 말투를 갖고 싶어서…. 한참을 그러고 있다 보면 서울에 있는 내가 마치 제주 바닷가를 걷고 있는 시인이 된 듯한 착각에 빠져든다. 시인이 된 나의 눈에 세상의 다른 모습이 보이기 시작하고, 시인의 마음으로 내가 느낀 감성을 표현하고 싶어진다.

용기가 필요할 때는 2016년 리우 올림픽에서 역전승으로 금메달을 차지한 펜싱 선수 박상영의 경기를 떠올린다. 모두가 질 거라 예상하던 상황에서 "할 수 있다. 나는 할 수 있어"라고 조용하지만 단호히 읊조리던 박 선수의 자기 암시를 따라 해본다. 할 수 있다, 나는 할 수 있어… 이렇게 몇 번이고 말하고 나면 보란 듯이 역전승을 거머쥔 박 선수처럼 아무도 기대하지 않은 일을 멋지게 해낼 수 있을 것 같은 의지가 생긴다.

드라마를 잘 쓰고 싶은데 생각처럼 되지 않아 속상한 날에는 〈나의 아저씨〉를 본다. 드라마 속 캐릭터와 공간을 머릿속으로 가져와 나만의 미니어처 세계를 만든다. 16부의 시간이 내 안에서 흘러간다. 등장인물과 사건들도 모두 내 안에 있다. 나는 등장인물처럼 말하고, 생각하고, 행동한다. 그 안에서 작가의 의도는 어느새 내 것이 되고, 나도 좋은 드라마를 쓸 수 있을 것 같은 희망을 갖게 된다.

어느 철학자는 인생은 착각 속에서 사는 것이라 말했

다. 이런 착각은 나를 부정하는 것이 아니라 나를 더 확장하고 성장시키는 힘이다.

어떤 수도자는 내가 보는 대상이야말로 진정한 나라고 말한다. 하늘도, 산도, 새싹도, 강아지도, 가수도, 시인도, 운동선수도 또 다른 내 모습이라는 말이다. 우주 만물은 모두 하나로 연결되어 있으니 그들이 모두 '나'인 것이다.

또, 어느 양자물리학자는 평행우주 수많은 지구에 무수히 많은 내가 살고 있다고 이야기한다. 평행우주에 살고 있는 나는 가수이기도 하고, 시인이기도 하고, 운동선수이기도 할 것이다. 무한히 존재하는 내가 지금 이 순간, 다른 지구에서 용을 쓰며 살아가고 있을 생각을 하니 속을 나눌 친구가 생긴 것 같아 의지가 된다. 나는 평행우주에 살고 있는 또 다른 '나'들을 닮고 싶다.

다시 생각하니, 닮고 싶다는 욕망은 질투가 아니라 사랑이었다. 소유욕이 아니라 사랑하는 대상과 하나가 되고 싶은 마음이었다. 물아일체의 상태를 경험하고 싶은 근원적 욕망이 나에게 있었다.

그동안 내 안의 부족한 부분을 부끄럽게 여기고, 타인

이 가진 것을 질투하는 데 에너지를 써왔다면 이제는 에너지의 방향을 바꿔보아야겠다. 공원을 천천히 산책하며 너그러운 자연에 마음을 한껏 맡겨보고, 타인이 가진 재능과 능력에 진심 어린 박수와 응원도 보내야지. 닮고 싶은 것들의 목록을 길게 적어보는 것도 좋겠다. 세상에는 내가 닮고 싶은 대상이 무수히 많고, 언제든 마음만 먹는다면 나는 그것과 하나가 될 수 있으니… 하루하루 조금씩 그들을 닮아가는 내 모습은 어떨까. 나의 내일이 궁금해진다.

지극히 사적인
두발자전거 도전기

어릴 때부터 유난히 겁이 많 았던 나는 두발자전거 타는 법을 배우지 못했다. 세발자 전거에서 두발자전거로 옮겨가는 일이 마치 거창한 서커 스 동작을 익히는 것처럼 느껴졌기 때문이다. 폭이 좁은 바퀴가 어떻게 넘어지지 않고 내 몸을 지탱할 수 있는 건 지 감이 오지 않았다. 용기를 내어 두발자전거에 올라탔 다가 균형을 잃고 넘어졌던 경험은 나를 두발자전거와 더 멀어지게 만들었다.

　그렇게 자전거를 잊고 살다가 서른을 훌쩍 넘긴 어느 날, 갑자기 자전거를 타고 싶다는 생각이 밀려왔다. 새로 이사 온 동네에 마침 잘 정비된 자전거 도로가 있고, 집 앞 작은 하천을 따라 자전거를 탈 수 있는 길이 한강까지 길게 이어져 있었기 때문일까. 그 길을 따라 자전거를 타고 달리면 바람을 가르는 자유를 느낄 수 있을 것 같았다.

　무작정 자전거부터 샀다. 전에 없던 용기가 어디서 났는지 자전거를 끌고 혼자 밖으로 나갔다. 더 이상 나는 자전거를 무서워하던 일곱 살 소녀가 아니었다. 서른을 훌쩍 넘긴 성인이었다. 마음을 다잡고 자전거에 올라탔다. 한 발을 페달 위에 올리고 나머지 발을 땅에서 떼는 순간 역시나 몸이 휘청댔다. 좀처럼 균형을 잡을 수가 없었다. 이리저리 흔들리는 자전거 바퀴만큼이나 마음도 흔들렸다.

　'거봐, 내가 이럴 줄 알았지. 너 원래 운동 신경 없잖아? 이제 와서 자전거를 잘 탈 수 있을 거라 생각했니? 그러니까 누가 자전거부터 덜컥 사래?'

　내 안의 또 다른 내가 구박하고 야단치는 소리가 들려

왔다. 이번 생에 자전거는 못 탈 운명이었는데, 괜한 욕심을 냈나 보다. 또다시 포기하고 자전거와는 영영 이별을 해야 하나? 12개월 할부로 산 자전거인데 아직 한 달이 채 안 되었으니 앞으로 열두 번이나 돈을 지불해야 했다. 카드 대금에서 매달 돈이 빠져나갈 때마다 장식품이 되어버린 자전거를 바라보며 속이 쓰릴 것 같았다.

중고사이트에 자전거를 내다 파는 방법도 있었다. 그런데 이상하게 그러고 싶지가 않았다. 고르고 골라 산 자전거였던 지라 마음에 쏙 들었다. 예쁜 자전거에 올라타 한강 변을 달리는 내 모습을 상상했다. 그러면 보잘것없는 나도 좀 예뻐 보이지 않을까. 그런 생각을 하자, 내 안의 심술궂은 목소리가 점점 작아졌다. 목소리가 아예 들리지 않게 되었을 때, 오직 분명한 하나의 목표만이 내 눈앞에 있었다. 그건 어떻게든 자전거를 타고 말겠다는 강렬한 의지였다.

하지만 마음을 먹었다고 해서 한순간에 바뀔 수는 없었다. 페달에 발을 올려놓는 순간이면 어김없이 균형을 잃고 무너졌다. 다만, 변한 것이 있다면 포기하지 않겠다는 마음이었다. '자전거를 탈 수 있다'는 명징한 한 문장을 제외하고 내 머릿속엔 아무것도 없었다.

그러자 조금씩 변화가 보이기 시작했다. 심호흡으로 마음을 가다듬은 후, 왼발을 먼저 페달에 올려놓았다. 아랫배에 힘을 주면서 나머지 오른발도 땅에서 떼어내 페달 위에 올렸다. 지체할 시간이 없었다. 오른발이 페달에 닿는 순간, 망설임 없이 페달을 돌리기 시작했다. 내가 할 수 있는 일이라고는 힘차게 페달을 돌리고 또 돌리는 일이 전부였다. 그러자 신기하게 중심이 잡히면서 바퀴가 앞으로 나아가기 시작했다. 순식간에 벌어진 일이었다. 어느새 바퀴는 안정적으로 바닥을 굴러가고 있었다. 와, 드디어 해냈어! 자전거 바퀴가 휘청대서 균형을 잃은 게 아니었다. 페달에 발을 올리기도 전에 마음이 먼저 흔들리니 애초에 균형을 잡을 수가 없었던 것이다.

물론 첫 주행은 채 10m도 나아가지 못하고 멈추었지만 몇 번을 반복하자 직선 코스는 꽤 오래 달릴 수 있게 됐다. 자전거를 탈 수 있게 되었다는 기쁨도 잠시, 순조롭던 주행에 첫 번째 장애물이 나타났다.

아파트 단지 내 차량 진입을 통제하는 낮은 기둥들이 내 앞을 가로막았다. 기둥과 기둥 사이가 대략 한 뼘 정도 될까. 능숙한 바이커라면 충분히 지나가고도 남을 넓이였지만 초보자인 나에겐 너무도 좁게 느껴졌다. 바퀴가 기둥에 부딪혀 바닥으로 넘어질 것 같았다.

초보자라는 핑계로 안장에서 내려 자전거를 밀고 통과해도 되었다. 아니면 오늘은 이만하면 되었으니 자전거를 돌려 집으로 돌아가는 선택지도 있었다. 하지만 어떻게든 그 기둥과 기둥 사이를 자전거로 통과하고 싶었다. 내 안의 집요함이 눈뜬 순간이었다.

포기하지 않으면 방법이 떠오르기 마련이다. 나를 가로막고 있는 기둥 대신 기둥과 기둥 사이, 좁은 공간에 의식을 두었다. 좁은 공간을 마음 안에서 실제보다 넓게 확장시켰다. 기둥을 의식하지 않으니 공간이 실제보다 더 넓게 느껴졌다. 왠지 통과할 수 있을 것 같았다.

다시 자전거에 올라 페달을 밟았다. 하나, 둘, 셋! 기둥이 아닌 공간에 의식을 둔 채 페달을 돌렸다. 그러자 바퀴가 기둥과 기둥 사이를 순식간에 통과했다. 성공이었다.

이게 바로 내가 자전거를 배운 방법이다. 누군가는 그

까짓 자전거 그냥 타면 되지 뭐가 어렵냐고 할 수도 있겠지만 다시 한번 강조하면, 이건 유난히 운동 신경 없고 겁 많은 내가 자전거를 배운 방법이었다. 자전거를 타고 한강 변을 달리며 바람을 가르는 자유를 만끽하는 것은 이제 일도 아니다. 그렇게 나는 서른을 훌쩍 넘겨 자전거를 탈 수 있게 되었다.

자전거를 통해 삶을 살아가는 데 꼭 필요한 나름의 노하우 두 가지를 터득했다. 장애물을 보지 말고 가능성을 보라는 진리와 도저히 할 수 없을 것 같은 일도 어떤 마음가짐으로 대하느냐에 따라 언제든 이뤄낼 수 있다는 것. 결국 내가 얻은 것은 자신감 그 자체인 셈이다. 설사 자전거 타기에 실패했더라도 용기 있게 도전했다는 사실 하나는 남았을 것이다. 그로 인해 시작을 방해하는 막연한 두려움을 극복할 수 있지 않았을까.

운전면허증은
장롱에 두는 거
아니에요

나에겐 자전거 타기처럼 도전해야 할 것들이 몇 가지 더 남아 있다. 그중 하나는 바로 운전이다. 취득한 지 오래지만 쓸 일이 없었던 나의 운전면허증은 장롱에 고이 모셔져 있다.

20대 중반, 처음 면허를 따고 두어 번 동네 가까운 곳에 차를 몰고 나간 적이 있긴 했지만 그때마다 문제가 생겼다. 당시 우리 집은 낮은 언덕쯤에 위치해 있었는데,

차를 몰고 비탈길을 오르는 게 쉽지 않았다. 액셀을 밟아도 차가 자꾸만 뒤로 미끄러지는 느낌이었다. 평평한 도로에서는 비교적 순조로웠지만 그야말로 생초보였던 나에게 비탈길은 완전히 다른 세계였다. 경사면 위에서 앞으로 나아가지도, 그렇다고 다시 뒤로 가지도 못한 채 어정쩡하게 멈춰 있었다. 어떻게든 언덕을 올라야만 했다. 핸들을 꽉 부여잡은 나는 몸을 최대한 핸들 가까이 붙인 채 낑낑거렸다. 다른 차가 따라올까 봐 계속해서 백미러를 힐긋거리기도 했다. '차'라는 거대한 물체가 나를 압도하는 기분이었다. 버리고 갈 수도 없는 일이었다. 어쩔 수 없이 엄마에게 전화를 걸어 도움을 요청했다.

접촉 사고가 난 적도 있었다. 집 근처 도로에서 유턴하고 달려가는데 뒤에서 하얀색 소나타가 나를 계속 따라왔다. 도로가 떠나갈 듯 요란하게 클랙슨을 눌러대더니 급기야 내 옆으로 다가와 차를 세우라며 소리쳤다. 40대 초반으로 보이는 여성 운전자였다. 영문도 모른 채 갓길에 차를 세우는데 심장이 쿵쾅거렸다. 무슨 일이지? 내가 뭘 잘못했나?

잔뜩 화가 난 소나타 운전자는 나를 뺑소니범으로 몰

았다. 내가 유턴하며 횡단보도 옆에 정차 중이던 자신의 차를 스치고 그냥 가버렸다는 거였다. 아닌 게 아니라 정차되어 있던 소나타 때문에 차의 회전 반경이 나오지 않아 신호가 바뀌기 전에 가까스로 유턴을 했던 터였다. 오로지 유턴에만 집중한 상태여서 차를 스친 걸 알아차리지 못했나 보다. 아무리 초보 운전자라지만 그래도 설마, 차를 스치는 것도 몰랐을까. 나도 나를 믿을 수 없었다. 당황스러웠다. 어쨌거나 그의 차 왼쪽 면에 살짝 스크래치가 나 있었으니, 당황스러움은 잠시 미뤄두고 사과를 먼저 해야 했다.

"죄송합니다. 고의로 뺑소니를 친 건 아니었어요. 초보 운전자라 미숙해서 상황 파악이 안 됐습니다"라며 정중히 사과했지만, 소나타 운전자는 막무가내였다. 당장이라도 나를 뺑소니범으로 신고할 태세였다. 겁을 잔뜩 먹은 나는 이번에도 엄마에게 전화를 걸었고, 다행히 집에 있던 엄마가 급히 나와 간신히 해결할 수 있었다.

"이제 운전하지 마!"

집으로 돌아가는 길에 엄마가 꺼낸 첫 말이었다. 차를 몰고 나간 두 번 다 사고를 치고 엄마에게 뒷수습을 요청

했으니 엄마의 반응은 정당했다. 뒤이어 걱정이 뒤섞인 잔소리가 이어졌다.

"너는 아무리 봐도 운전할 사람이 아니야. 그냥 운전 잘하는 남자 만나서 편안하게 조수석에 타고 다녀."

엄마의 눈에 야무지고 대범한 구석이라곤 전혀 없는 딸이 험한 도로에서 운전하기엔 못 미덥고 불안해 보였겠지. 이해한다.

사실 나 역시도 운전이 두려웠다. 수많은 차가 쌩쌩 오가는 도로 위가 마치 살벌한 사회생활의 축소판 같았다. 서바이벌 경기가 펼쳐지는 경기장처럼 느껴졌다. 조금이라도 주춤대고 머뭇거리고 어리바리하면 가차 없이 내몰릴 것 같았다. 위험부담을 감수하기 싫었고, 무엇보다 운전하면 겪게 되는 모든 것들이 피곤해졌다. 운전의 득보다는 실이 많다고 판단했다. 그런 생각을 하고 있던 찰나에 엄마까지 운전하지 말라고 하니 얼마나 다행인가. 엄마 핑계를 대며 이제 운전 따윈 쳐다도 안 보겠어, 다짐 아닌 다짐을 했다.

그날 이후, 엄마의 말을 주문처럼 여긴 나는 다시는 운전대를 잡지 않았다. 엄마 말대로 운전 잘하는 남자를 만나 편안하게 조수석에 타고 다니기도 했다. 하지만 운전을 떠올리면 마음 한구석이 늘 불편했다. 뭔가 무능해지는 느낌, 무서워서 헐레벌떡 도망쳤다는 자괴감, 마치 패배자가 된 것 같은 기분에 휩싸였다. 운전은 늘 끝내지 못한 숙제처럼 내 안에 남아 있었다.

두렵지만 꼭 해내고 싶은 것 중에 운전 말고도 물구나무서기가 있었다. 물구나무서기는 요가에서 '시르사아사나'라고 불리는 동작이다. 요가를 처음 시작할 때만 해도 시르사아사나는 꿈도 꾸지 못했다. 뒤로 넘어져 목뼈가 부러지면 어쩌나 두려웠고, 당연히 내가 할 수 없는 동작이라고만 생각했다. 그럼에도 불구하고 속마음은 멋지게 시르사아사나를 해내고 싶었다. 중력을 거부하며 머리로 땅을 짚고 거꾸로 선다면 어쩐지 세상이 달라 보일 것 같았다. 세상살이에 예민하게 신경 쓰느라 굽은 척추가 곧게 펴지며 깊은 해방감을 느낄 수 있을 것 같았다. 무엇보다 두려움과 스스로에 대한 의심을 떨쳐내고 좀 더 자유로워지고 싶었다.

처음에는 벽에 몸을 대고 한 다리를 올려 거꾸로 서

있는 것부터 시작했다. 다음에는 두 다리를 들어 올리는 것을 연습했다. 쉽지 않은 동작이라 나는 계속 실패했다. 그렇지만 좌절하거나 포기하지 않고 '그냥' 했다. 묵묵히 하다 보니 어느 순간 조금씩 나아지는 게 보였다. 조금 자신이 생기자 벽에서 물러나 해보기로 했다. 뒤에 벽이 없다고 생각하니 뒤로 넘어갈까 두려워 다리를 바닥에서 뗄 수가 없었다. 다시 원점으로 돌아간 느낌이었다. '그동안 연습한 건 다 어디로 갔지?' 하는 생각이 들었지만 뒤로 넘어가도 괜찮다고, 별일 없을 거라고 마인드 컨트롤을 했다. 뒤로 넘어갈 것을 대비해 등을 동그랗게 말아 구르는 연습도 미리 해보았다. 막상 한 번 뒤로 넘어가보니 생각만큼 두렵지 않았다. 오히려 뒤로 넘어가는 것이 하나의 놀이처럼 느껴져 재미있기까지 했다. 이렇게 1년여의 시간이 흘러 시르사아사나를 잘할 수 있게 되었다. 거기에 안주하지 않고, 더 난이도 높은 변형 동작들에도 계속 도전하고 있다.

두려움에 맞서는 최고의 방법은 '그냥 하기'이다. 단순 무식하게 그냥 해버리는 것이다. 물론 그냥 한다고 해서 단번에 성공하지는 않는다. 당연히 능숙해지는 과정이 필요하다. 처음의 두려움을 떨쳐내고 어떻게든 시작할 수 있다면 조금씩 시야가 열리고 노하우가 습득되면서 두려움도 점차 사라져 간다. 반복적인 훈련을 통해 마음의 공간이 넓어지고, 상황을 스스로 컨트롤할 수 있는 힘이 생겨난다. 그때 비로소 두려움이 있던 자리에 스스로를 향한 믿음이 채워진다.

하지만 시작하지 않으면 두려움은 절대로 사라지지 않는다. 상상 속에서 두려움의 크기는 더 커질 테고, 어느새 두려움은 나보다 더 큰 존재가 되어 평생 내 삶을 따라다닐 것이다. 한 번뿐인 인생임을 되새긴다면 두려움에 굴복한 채 소중한 날들을 흘려보낸다는 것이 화가 난다. 심지어 두려움이라는 감정이 스스로 만들어낸 가짜 장애물에 불과했다는 것을 뒤늦게 알게 된다면 더 억울하지 않을까.

어느 시점부터 내 인생은 두려움을 극복하기 위한 도전과 응전의 역사가 되었다. 장르로 따지면 내 안의 두려움과 정면으로 맞짱 뜨는, 짠 내 나는 좌충우돌 성장기라고 할까. 이제 다음 도전은 미루고 미루던 운전이다. 이번 겨울에는 더 이상 핑계 대지 않고 운전 연수를 받아야겠다. 일단 시작하고 나면 어떻게든 되겠지. 시르사아사나를 배울 때와 마찬가지로 말이다.

두려움을 하나씩 극복해가면서 자존감도 점점 높아졌다. 아무것도 하지 않으면서 머리로만 '하면 된다'고 생각했을 때는 자신감을 억지로 욱여넣는 느낌이었다. 하지만 몸으로 직접 체득한 후에 나오는 '하면 된다'는 말은 엄연한 팩트이기에 힘이 실린다.

물론 시르사아사나를 연습하며 어깨와 목에 통증을 느끼기도 하고 뒤로 넘어져 구르기를 하기도 했던 것처럼 운전을 하면서도 자잘한 골칫거리들이 생겨날 것을 안다. 이제는 그 골칫거리들을 피곤하다 여기지 않고 능숙해져 가는 과정으로 생각하려 한다. 문제 상황을 재빨리 파악하고 능숙하게 해결하는 법도 운전을 하며 배울 수 있지 않을까.

그동안 엄마와 여행을 갈 때면 늘 운전은 엄마 몫이었다. 펜션이나 음식점 사장님들이 장성한 딸이 아니라 나이 드신 엄마가 운전대에 앉는 걸 보며 왜 운전을 엄마가 하냐며 묻곤 했는데, 그럴 때마다 얼굴이 화끈거렸었다.

이제 엄마도 일흔이 넘으셨고 언제까지 운전하실 수 있을지 알 수 없다. 엄마와 좀 더 편하게 오랜 시간을 함께하려면 이제 내가 운전을 하지 않으면 안 된다.

언젠가, 아니 가까운 날에 내가 이런 말을 할 수 있게 되길 바란다. 아주 가볍고 여유로운 마음으로 말이다.

"운전은 내가 할 테니 조수석에서 듣기 좋은 음악이나 세팅해줘."

도로 위를 멋지게 주행하는 베스트 드라이버가 되는 날을 꿈꾼다. 운전면허증은 장롱에 넣어두는 물건이 아니니까.

파리에서
생긴 일 上

유럽으로 첫 배낭여행을 갔을 때의 일이다. 런던에서 일주일을 여행하고, 파리로 이동해 4일 정도 있다가 여행의 본 목적지인 '플럼 빌리지'에서 보름을 머물렀다. 보르도 근교에 위치한 플럼 빌리지(Plum Village)는 명상지도자이자 평화 운동가인 틱낫한 스님이 세운 명상공동체로, 전 세계에서 마음의 평화를 구하는 이들이 찾아와 고요히 머무는 곳이다.

당시 나는 나를 힘들게 하는 인간관계에 속에서 무척 지쳐 있었고, 꿈을 위해 시도했던 일들도 잘되지 않아 심적으로 극심한 고통을 겪고 있었다. 고통을 잠시라도 잊을 수 있다면 썩은 동아줄이라도 잡고 싶은 심정이었다. 그때 내가 잡은 동아줄은 붓다의 가르침이었다. 다행히 썩은 동아줄은 아니었다. 불교 공부를 하고 명상센터를 찾아 명상하던 나는 급기야 플럼 빌리지까지 가기로 마음먹게 되었다.

명상을 시작하면서 나는 초심자의 행운을 맛보았던 거 같다. 사막에서 며칠을 헤매다 마침내 오아시스를 발견한 사람의 심정이 이와 같을까? 명상은 삭막하고 고단했던 내 삶에 신기루가 아닌 진짜 오아시스 같은 존재가 돼주었다. 하지만 명상의 효과를 너무 크게 느낀 탓일까, 초심자의 행운은 곧 '초심자의 오만'으로 변질돼버렸다.

이제 겨우 막 걸음마를 뗀 수준인 주제에, 마치 내가 마라톤 대회 우승자라도 된 듯한 착각에 빠지게 된 것이다. 무려 프랑스에 위치한, 틱낫한 스님이 만든 플럼 빌리지에서 보름 동안 명상을 했다는 것은 나에겐 금메달과도 같은 훈장이었다.

프랑스어는 둘째치고 영어도 제대로 못하면서 기차를 갈아타고 물어물어 플럼 빌리지를 찾아간 것. 영국, 호주, 네덜란드, 브라질 등 세계 각국에서 온 사람들과 같은 방을 쓰며 친구가 되어 함께 명상을 하고 밥을 먹고 산책을 한 것. 밤새 쥐 한 마리가 내 여행용 캐리어 곳곳을 뒤지며 일회용 설탕을 갉아먹은 일. 미술을 전공하기 위해 파리로 유학을 왔다가 플럼 빌리지로 출가한 한국 비구니 스님을 만난 일 등. 모든 것이 무용담이 되기에 충분했다.

플럼 빌리지에서의 보름이 지나고 다시 파리로 돌아왔다. 인천행 비행기를 타기까지는 3일 정도의 시간이 남아 있었다. 계획했던 한 달짜리 배낭여행의 마지막 날들이 고요히 흘러가고 있었다. 사실 플럼 빌리지에 다녀온 것으로 내 여행은 이미 끝난 거나 마찬가지였다. 남은 사흘은 그저 덤이었다. 여행 경비도 얼마 남지 않은 상황이라 방 하나에 열 명이 함께 머무는 저렴한 도미토리를 구했다.

열 명이 함께 쓰는 공간은 좁고 시끄러웠다. 한국인이

운영하는 게스트하우스였기에 한국에서 배낭여행을 온 2-30대 여성들이 대부분이었다. 이들은 금세 친해져 밤 늦은 시간까지 술을 마시며 대화를 나누었다. 보름의 시간을 고요한 자연 속에서 보내고 온 나는 시끌벅적한 파리의 게스트하우스가 낯설고 불편했다. 다른 여행객들과 섞여 여행의 마지막 추억을 만들 수도 있었지만 그럴 마음은 눈곱만큼도 없었다.

한쪽 구석에 놓인 2층 침대에 누워 잠을 청했다. 하지만 어수선한 분위기 속에서 잠이 올 리 없었다. 짜증이 났지만 조용히 좀 해달라는 말은 입 밖으로 나오지 않았다. 그날 밤, 잠이 오지 않는 시간을 견디기 위해선 머리 위까지 이불을 덮은 채 그들이 나누는 대화를 엿듣는 것밖에 방법이 없었다. 내일 보러 갈 오케스트라 공연을 위해 처음으로 비싼 드레스를 샀다는 얘기, 드레스가 너무 파여서 야해 보인다는 얘기, 샹젤리제 거리에 있는 루이뷔통 본점에서 쇼핑을 했다는 얘기들이 이어졌다.

솔직히 말하자면, 그때 나는 2층 침대 위에서 그들을 비웃었다. 명상과 명품, 플럼 빌리지와 루이뷔통의 간극은 수성과 명왕성의 거리만큼 멀게 느껴졌다. 아니 이건 수평적 거리의 문제가 아니라 수직적 가치의 문제였다. 그때의 나에겐 당연히 명품보다 명상이, 루이뷔통보다 플럼 빌리지가 더 높은 곳에 위치해 있었고 비교할 수 없을 만큼 더 가치 있게 느껴졌다.

하지만 이런 생각이 큰 오만이었음을 깨닫는 데는 채이틀이 걸리지 않았다.

파리에서
생긴 일 下

이틀 후, 나는 샤를 드골 공항에서 인천행 비행기를 기다리고 있었다. 내가 예매한 항공권은 일본항공 JAL이었다. 도쿄를 경유해 인천에 도착하는 경로다. 그런데 탑승 수속 절차를 밟는 도중 일본인 직원이 당황스러운 얼굴로 무언가를 말하기 시작했다. 유창한 영어였지만 일본인 특유의 발음이 낯설게 들려왔다. 가뜩이나 영어가 서툰 나로서는 그저 눈치껏 이

해해야만 했다.

요지는 내가 항공권 요금을 지불해야만 비행기를 탈 수 있다는 것이었다. 그럴 리가 없었다. 서울에서 미리 예매했고 결제가 끝난 상황이었다. 뭔가 착오가 있는 게 분명했다. 안되는 영어로 내 입장을 토로해봤지만, 일본인 직원은 단호했다. 내 짐은 이미 수화물 위탁을 마친 상태였다. 요금을 지불하지 못하면 내 짐만 혼자 인천에 도착해 주인을 잃은 채 수화물 컨베이어 벨트를 떠돌게 될 것이다.

문제는 남은 돈이 정말이지 한 푼도 없다는 사실이었다. 돌아가는 날까지 필요한 돈을 얼추 계산했고, 30분 전 샤를 드골 공항에서 빵과 커피를 구입한 것으로 마지막 남은 돈을 다 사용해버렸다. 신용카드도 없었다. 사실 런던에 도착하자마자 기차역에서 지갑을 소매치기당해 신용카드는 애초에 사용하지도 못했다. 다행히 지갑이 아닌 따로 보관해둔 돈으로 어찌어찌 여행을 마칠 수 있었는데, 마지막 순간에 뜻밖의 상황이 벌어진 것이다.

다리가 후들후들 떨렸다. 돈도, 신용카드도, 아는 사람이나 도움을 요청할 만한 사람도 없다. 영어도, 프랑스어도 서툴다. 이대로 비행기를 타지 못하면 어떻게 하지. 순식간에 공포가 밀려왔다. 마음을 진정시키기 위해서 심호흡을 했다. 어쨌든 정신을 차리고 이 난관을 해결해야 한다.

불현듯 생각이 스쳤다. 한국 사람. 샤를 드골 공항을 샅샅이 뒤져서라도 한국 사람을 찾아야 했다. 사정을 설명하고 돈을 빌린 다음, 서울로 돌아가 빌린 돈을 송금해주면 되지 않을까.

샤를 드골 공항 곳곳을 돌았지만 한국인을 찾는 건 쉽지 않았다. 절망이 밀려왔다. 다리에 힘이 풀려 주저앉기 일보 직전이었다. 그때였다. 저만치 떨어진 곳에서 낯익은 얼굴이 눈에 들어왔다. 아니, 프랑스 샤를 드골 공항에서 낯익은 얼굴이라니… 그럴 리가 없었지만 분명 아는 얼굴이 틀림없었다.

오늘 아침까지 나와 같은 도미토리를 썼던 한국인, 오케스트라 연주를 보러 간다며 값비싼 드레스를 샀던 여자. 이틀 전 2층 침대 위에서 내가 비웃음을 날렸던 바로 그 사람이었다.

삶이란 참으로 얄궂다. 이건 신의 장난임이 틀림없다. 이럴 줄 알았으면 침대에 엎어져 있을 게 아니라 미리 좀 친하게 지내 둘걸 하는 생각이 들었지만 되돌릴 수 없는 과거일 뿐. 지금 내가 할 수 있는 아니, 해야만 하는 일은 그녀에게 사정을 설명하고 돈을 빌리는 일이었다. 조심스럽게 다가가 말을 걸었다.

"저기, 혹시 저 모르시겠어요? 파리에서 같은 도미토리 썼던…."

한 치 앞도 모르는 게 인생이라더니, 불과 한 시간 전까지만 해도 내가 이렇게 비굴해질 거라고는 상상조차 할 수 없었다. 그녀는 나를 기억하지 못했다. 당연한 일이었다. 나는 자존심을 내팽개치고 그녀에게 사정을 설명했다. 그녀는 나를 믿을 수 없다는 얼굴로 고개를 갸웃거렸다. 내가 마치 같은 한국인을 상대로 돈이나 뜯는 사기꾼이라도 된 것 같았지만 어쩔 수 없는 노릇이었다. 나는 서울로 돌아가야 했고, 그러기 위해선 돈을 빌려야 했다.

그녀는 어찌 된 상황인지 자세히 알고 싶다며 일본인 승무원을 함께 만나보자고 했다. 다행히 그녀는 영어를 잘했다.

일본인 승무원은 내게 여권을 다시 보여달라고 했다. 내 여권을 유심히 살피던 승무원은 뭔가를 발견한 듯 놀란 표정을 지었다. 어찌 된 일이지? 또 무슨 문제가 발생한 걸까? 마음을 부여잡았다. 내 옆에 영어를 잘하는 한국인이 있다는 것이 의지가 되었다.

갑자기 승무원이 미안하다며 연신 고개를 숙였다. 알고 보니, 승무원이 내 성(Family Name)인 'Cho'를 'Choi'로 잘못 봤던 거였다. 그러니까 요금을 내야 할 사람은 내가 아니라 '최혜영'이란 한국인 승객이었다.

이런 상황을 만든 일본인 승무원에게 화가 났다. 30분 넘게 나를 공포에 떨며 마음 졸이게 했던 승무원이 원망스러웠다. 하지만 그녀의 실수가 이해되지 않는 것도 아니었다. 어찌 됐든 항공료를 지불할 필요가 없으니 돈을 빌리지 않아도 됐다. 같은 도미토리를 썼던 그녀는 일이 잘 해결되어 다행이라며 내게 인사했다. 그녀에게 감사를 전하는 한편, 미안한 마음이 들었다. 미안한 이유에 대해서는 차마 말할 수 없었다.

30대 중반 정도로 보였던 그녀의 얼굴은 나와 크게 다르지 않아 보였다. 일의 기쁨과 슬픔을 느끼는 평범한 직장인의 얼굴. 어쩌면 그녀 또한 나처럼 예기치 않은 시련을 겪은 후, 벼르고 별러 유럽으로 배낭여행을 떠나온 건지도 몰랐다. 고된 자신의 삶에 선물을 주듯 말이다.

오케스트라 연주를 보러 가기 위해 값비싼 드레스를 산 것은 그녀가 사치스럽고 속물적인 사람이어서가 아니라 자신의 시간을 축제로 만들고 싶은 사람, 그만큼 자신을 사랑하는 사람이어서일지도 모른다. 그게 아니라면, 적어도 파리에서만큼은 그동안 나를 사랑하지 못했던 날들에 위로를 보내고 싶었던 것인지도. 아니, 사실은 이유 따위 필요 없다. 좋아하는 물건을 사는 데에 언제나 타당한 이유가 필요한 것은 아니다. 그 사실을 알면서도 나는 내 멋대로 그녀를 부정적인 프레임 너머로 보고 있었던 거다. 서울로 돌아간 그녀가 파리에서 산 드레스를 입을 기회는 몇 번이나 될까. 어쩌면 그 드레스는 입기 위한 것이라기보단 간직하기 위한 것이었는지도 모르겠다.

여행을 삶의 축소판이라고 한다면, 파리에서 생긴 일은 내 인생의 상징적 장면이 되기에 충분하다. 살면서 만나는 이들을 내 잣대로 평가 절하할 자격이 나에겐 없다. 내가 비웃고 욕한 이들에게 또 언제 도움을 요청하게 될

지도 모를 일이다. 그렇게 나는 세상과 연결되어 있다. 힘들었던 시간을 통과하며 나는 시끄러운 파리에서, 복잡한 샤를 드골 공항에서 반짝이는 새벽 별을 만났다. 고요한 플럼 빌리지에서는 결코 만날 수 없는 것들이었다. 어두운 터널의 끝이 보이기 시작했다.

오늘의
비스킷

한 파티시에가 있었다. 그의 꿈은 '제대로 된 비스킷'을 만드는 것이었다. 그는 다양한 재료와 여러 가지 방법을 동원해 몇 날 며칠 비스킷만 만들었지만 결과는 늘 실패였다. 어떻게 해도 '제대로 된 비스킷'을 만들 수 없었다. 이쯤 되면 우리는 이런 결론을 내릴 수밖에 없다. 그가 실력 없는 파티시에였음이 틀림없다고.

하지만 한참의 시간이 지나서야 그는 자신이 '제대로 된 비스킷'을 만들지 못한 이유를 알게 됐다. 어릴 적 필스버리 비스킷을 좋아했던 그에게 비스킷은 곧 '필스버리'였다. '비스킷=필스버리'라는 도달할 수 없는 기준을 만들어 놓았으니 자신이 만든 비스킷은 늘 기준 미달일 수밖에 없었던 것이다.

그 사실을 깨닫자 그의 눈에 자신이 만든 비스킷이 다르게 보이기 시작했다. 공장에서 만들어내는 모양과 크기와 맛이 천편일률적인 비스킷과는 전혀 달랐다. 그날그날 구워낸 '오늘의 비슷킷'은 모양과 크기, 맛과 향 전부 각양각색이어서 그 자체로 충분히 훌륭했다. 릴케의 시를 인용해 표현하자면 그의 비스킷은 '빛나고 소박하고 진실한' 비스킷이었다.

이 이야기는 임상심리학 박사이자 미국의 저명한 불교 명상가, 타라 브랙(Tara Brach)이 자신의 책『받아들임(Radical Acceptance)』에서 소개한 내용이다. 이 부분을 읽는 내내 마치 둔탁한 무언가로 뒤통수를 한 대 얻어맞은 듯한 느낌을 받았다. '제대로 된 비스킷'에 집착하느라 시간을 낭비한 파티시에가 꼭 내 모습 같았기 때문이다.

완벽한 비스킷의 기준을 '필스버리 비스킷'으로 정해 두었던 파티시에처럼 나 역시도 성공한 모습은 이러이러해야 한다는 나만의 프레임을 만들어 놓았다. 그것이 아닌 다른 삶은 인정하지 않으려 했다. 그러니 늘 '제대로 된 인생'을 살지 못하는 것처럼 느껴질 수밖에. 뭘 해도 실패한 자, 아직 이루지 못한 자, 겨우 이것밖에 달성하지 못한 자가 된 것 같은 생각에 사로잡혔다. 아무리 노력해도 끝내 내가 만든 완벽한 기준에는 영원히 이르지 못할 것만 같았다.

욕망의 높이와 비례하는 결핍감은 마음에 깊은 구멍을 낸다. 아마도 기억나지 않는 언젠가 티브이 드라마나 광고에서 보았을지 모를, 혹은 남몰래 부러워했던 누군가의 모습에서 이상적 모습을 만들어냈을 것이다. 라캉이 말한 "타자의 욕망을 욕망한다"라는 말이 바로 이런 게 아닐까.

세상에서 가장 멋져 보이는 사람들이 그들만큼이나 멋진 친구들과 화려한 파티를 즐긴다. 최신식 가구와 전자제품, 모던한 인테리어로 꾸며진 집에 살고, 고급스러운 차를 타는 사람들의 일상에는 구김살이라고는 하나도 없어 보인다. 교양 있고, 지성미 넘치고, 남다른 자신감으로 늘 이기며, 심지어 선한 영향력까지 펼치는 티브이 속 그들의 완벽한 모습이 머리로는 진짜가 아닌 줄 알면서도 마치 어딘가에 실제로 존재할 것만 같은 착각을 불러일으킨다.

그런 모습을 '완벽'이라 규정한 자아는 내 집의 낡은 가구와 구식 전자제품, 오래된 중고차, 어디다 내놔도 평범하기 짝이 없는 나의 삶을 볼품없고 빈약한 인생으로 쉽게 판단해버리고 만다. 비극은 그렇게 시작되는 것이다. 어떤 형태로든 비교는 한 영혼을 한없이 움츠러들게 만들고 찌그러트린다.

티브이 광고야 그렇다 치더라도 현실에서, 그것도 가까운 사람이 나의 비교 상대가 될 때는 그야말로 배가 아프다. 어떤 약으로도 결코 치료할 수 없는 심각한 복통이다. 이런 복통을 느낄 때마다 나는 내가 누군가의 발에 밟혀 납작하게 찌그러진 깡통 캔이 된 것만 같다.

그러나 열등감과 우월감은 어떤 의미에선 동의어와 같다. 내가 열등감을 느끼는 사람은 나를 통해 우월감을 느끼겠지만, 다른 누군가에겐 열등감을 느낄지도 모른다. '너보다 내가 낫다'라는 얄팍한 우월감을 통해 자신의 열등감을 보상받는 경우는 그리 드문 일이 아니다. 나 역시도 그랬다. 우월감을 느낄 때면 열등감은 원래부터 없었던 것마냥 잊어버릴 수 있었다.

그 무엇과도 비교하지 않고 나와 내 삶을 있는 그대로 바라보면 어떤 모습일까. 더는 필스버리 비스킷과 자신이 만든 비스킷을 비교하지 않기로 한 파티시에의 표현대로, 나의 삶도 자세히 들여다보면 그 나름의 소박함과 진실함이 반짝반짝 빛나고 있지 않을까.

비교를 내려놓으면 결핍도, 실패라 이름 붙일 것도 없다. 모양이 조금 삐뚤어졌으면 삐뚤어진 대로, 바삭하면 바삭한 대로, 촉촉하면 촉촉한 대로. 그 자체로 '오늘의 비스킷'일 뿐이다. 1g의 오차도 없이 똑같은 레시피로 공장에서 찍어낸 비스킷보다 그날의 공기와 온도, 습도, 만드는 이의 기분에 따라 매일매일 달라지는 비스킷을 맛보는 것이 더 흥미롭지 않은가.

그런 비스킷에는 시공간의 우연과 조합이 만들어내는 유일함이 있다. 세상 어디에도 없는, 단 하나뿐인 비스킷이다. 거창하게 말하면, 그것은 신비이자 우주의 작품이다. 우리가 할 수 있는 일은 그저 온 마음을 다해 비스킷을 만들고 온몸으로 비스킷을 맛보는 것 외에는 아무것도 없다.

'지금, 여기'가 아닌 지금보다 더 좋은 때, 여기보다 더 멋진 곳만을 생각했다. 성장이라는 목표를 갖고 미래로 나아간 것이 아니라, 단지 부족한 현재를 벗어나기 위해 몸부림치며 미래를 좇아온 것이다. 하지만 현재를 부정한다고 해서 꿈에 그리던 미래가 찾아오는 건 아니었다. 미래는 실체 없는, 현재의 또 다른 이름일 뿐이다. 그러니 장밋빛 미래를 바란다면 현재라는 텃밭에 직접 장미꽃을 심고 그 향기를 느끼는 것밖엔 방법이 없다.

내가 만든 삶이라는 비스킷은 어떤 모양일까. 어떤 향기와 맛이 날까. 부드러운지 딱딱한지, 버터 향이 나는지 바닐라 향이 나는지… 나의 오늘을 깊이 음미하며 맛보고 싶다. 오늘도 나는 오늘의 비스킷을 굽는다.

생선회를
좋아하지만 인생을
날로 먹을 순 없지

어릴 때는 생선회를 싫어했
다. 혓바닥에 닿는 차가운 촉감과 물컹거리는 식감이 징
그럽게 느껴졌다. 초등학교 때였던가. 처음으로 초고추
장을 찍은 생선회 한 점을 입에 넣었다가 몇 번 씹지도
않은 채 바로 뱉어냈던 기억이 있다. 굽거나 튀기거나 조
리면 더 맛있을 생선을, 왜 어른들은 날로 먹는 것인지
그때의 나로서는 도무지 이해할 수 없었다.

세월이 흘러 대학을 졸업하고 사회생활을 하게 되면서 생선회의 참맛을 알게 되었는데, (사실 그보다 먼저 소주의 참맛에 눈을 떴지만) 소주 안주에 생선회만 한 것이 없구나 하는 것을 몸으로 깨달았던 것이다. 막내 작가로 고된 일상을 보내던 시절, 하루의 마감은 언제나 술로 끝나곤 했다. 취하고 씹어야만 그날의 스트레스를 풀고 내일의 태양을 맞이할 힘을 겨우 얻을 수 있었다. 콩알만 한 고료를 받는 처지에 우리가 마실 수 있는 술은 소주, 그리고 포장마차의 저렴한 안주들이 고작이었다.

그러던 어느 날, 회식 장소로 가게 된 횟집에서 문득 어떤 결의 같은 게 올라왔다. 엄청난 양의 일에 비해 적절히 계산되지 못한 노동의 대가를 회를 먹는 것으로 보상받겠다는 심정이었다. 회는 삼겹살보다 비싸지 않은가. 음식에 대한 호불호 따위 운운하며 스끼다시나 깨작대고 있기엔 그동안 내가 들인 노동의 시간들이 눈물겨웠다. 투사라도 된 듯 회 한 점을 호기롭게 집어 입에 넣은 나는 얼른 삼켜버릴 요량으로 소주를 원샷했다.

그런데 이게 어쩐 일인가. 차가운 소주와 어우러진 날것의 식감이 물컹한 게 아니라 탱탱하게 느껴지는 게 아닌가. 쫄깃했다. 혓바닥에 착착 달라붙는 찰진 느낌이 좋았고, 씹을수록 고소했다. 초고추장 말고 와사비에 찍으니 회 특유의 고급스러운 맛이 입속에 퍼졌다. 그렇게 그날, 나는 미처 돌려받지 못한 노동력에 대한 보상이라도 받듯이 회를 먹고 또 먹었다. 생선회와 함께 마시는 소주는 그야말로 이슬 같았다.

놀라운 것은 다음 날 아침이었다. 늘 술이 안 깨 찌뿌둥하게 일어나던 평소와 달리 맑은 정신으로 벌떡 일어난 것이다. 역시, 소주는 좋은 안주와 먹어야 한다는 인생 선배들의 말은 거짓이 아니었다. 그날 이후 나의 '최애음식'은 단연코 생선회였다. 굽거나 튀기거나 조려 먹는 생선보다 날로 먹는 생선이 제일 맛났다. 값비싼 생선회를 먹고 싶을 때 먹고 싶은 만큼 먹고, 내가 사랑하는 가족들과 친구들에게도 맘껏 사줄 수 있다면 성공한 인생일 거라고 생각했다. 나는 미치도록 성공하고 싶었다.

그래서 이 성공 스토리는 어떻게 되었을까? 굿 뉴스와 배드 뉴스가 있다. 배드 뉴스를 먼저 말하자면, 값비싼 생선회를 시시때때로 마음껏 사 먹을 만큼 성공하진 못했다. 다행히 굿 뉴스가 있다. 아니, 굿 뉴스라고 하기엔 살짝 애매하지만, 나이를 먹어 체질이 바뀌었는지 차가운 회를 먹으면 아랫배가 살살 아파 화장실을 자주 가게 됐다. 언젠가부터 술도 몸에 잘 안 받는다. 점점 생선회와 술을 사 먹는 횟수가 줄어들고 있다. 그러니 이제 생선회를 마음껏 사 먹을 정도로 성공하진 않아도 괜찮지 않을까.

그럼에도 불구하고 '날로 먹는 맛'의 유혹에서는 좀처럼 빠져나오기가 힘들다. 바늘 도둑이 소도둑 된다고, 생선을 날로 먹기 좋아하더니 이제는 인생을 날로 먹으려 하는 거다. 별다른 노력 없이도 좋은 결과를 얻으면 좋겠다. 많이 먹고 운동하지 않아도 살이 쏙 빠졌으면 좋겠다. 일하긴 싫은데, 돈은 많았으면 좋겠다. 로또에 당첨되어 일확천금을 움켜쥐고 싶다. 어쩐지 평생 먹고살 수 있는 돈만 있다면 소심하고 예민한 성격도 기적처럼 사라질 것 같다는 생각이 든다. 가방 안에 항상 돈이 굴러다닌다면 한껏 너그럽고 대범해진 마음으로 가족과 친구들에게 돈을 척척 건넬 수도 있을 것이고, 사람 많고 지저분한 도미토리에서 웅크려 자는 것이 아니라 호텔 스

위트룸에서 편히 잘 수 있으니 예민해질 상황도 한결 줄어들지 않을까.

좋아하는 음식을 먹고 싶을 때 마음껏, 그것도 사랑하는 사람들과 먹을 수 있다는 것은 돈과 시간과 사람, 그리고 무엇보다 내 마음대로 나의 시간을 컨트롤할 수 있는 힘을 갖고 있다는 말이다. 나의 시간을 컨트롤할 수 있다는 것은 엄청난 자유이자 권력이다.

나도 돈과 시간과 사람, 그 모두를 누릴 수 있는 자유와 힘을 갖고 싶다. 이 모든 것을 이왕이면 노력 없이 저절로 얻고 싶다. 날로 먹으려 하는 마음을 두고 사기꾼 심보라고들 말한다. 땀 흘려 노력으로 얻은 것만이 진짜라고 한다. 하지만 땀 흘려봤자 땀 냄새만 나고 끝나면 어떡하지? 하는 걱정이 마음 깊은 곳에서 스멀스멀 피어오른다. 아마도 땀 흘리고 노력하는 과정에서 깨지고 부딪히는 일들이 나를 더 예민하게 만들기 때문일 것이다.

그래도 내 소중한 인생을 날로 먹을 수는 없지. 어떻게 하면 내 인생을 맛있게 구워 먹고 튀겨 먹고 조려 먹을 수 있을까. 내가 가진 삶의 재료들을 요리해 최고의 진짜 맛을 낼 수 있을까.

쓸데없는 생각을 하는 사이에 벌써 토요일 오후가 지나가고 있다. 늦기 전에 로또나 사야겠다. 요리할 땐 요리하더라도, 로또는 로또니까.

단골이
되기는 싫어

혼자 카페에 가는 사람에게
카페는 확장된 자기 공간이다. 푹 자고 일어난 휴일 아
침, 아직은 한가한 카페를 찾는 일은 소소하고 확실한 기
쁨이 된다. 카페에서 글을 쓰기도 하지만 멍하니 앉아 있
기도 하고, 책을 읽다가 바깥 풍경을 바라보기도 한다.
그 정도의 일이라면 그냥 집에서 해도 되지 않나 싶기도
하지만 집이 아닌 카페가 주는 신선함이 있다. 집에서 내

린 것보다 커피가 더 맛있는 건 기본이고, 평범하고 똑같은 일상의 틈 사이를 지나 새로운 공간으로 들어가는 자극이 나를 설레게 한다.

산책하듯 가볍게 카페를 찾는 나로서는 아무래도 동네 가까운 카페에 가는 일이 많은데, 성격 탓에 가끔은 곤혹스러울 때가 있다. 고백하자면, 친절한 카페 사장님이나 점원분이 아는 척을 할 때마다 나도 모르게 흠칫 놀라곤 한다. 익명의 고객으로 카페를 찾았다가 나를 알아본 이의 반가운 인사에 마치 비밀스러운 정체를 들킨 듯 머쓱해지고 마는 것이다.

반면 친구 K는 매일 아침 출근길에 들르는 카페에서 자신이 주문하기 전에 알아서 커피를 내려주는 점원 덕분에 즐겁게 하루를 시작한다고 한다. K가 늘 주문하는 커피는 누가 봐도 눈에 띈다. "따뜻한 아메리카노에 샷 추가, 물은 반만." 이런 주문을 매일 아침 같은 시각에 하는 손님이 있다면 점원은 분명 그를 기억할 것이고, 그가 카페에 들어오자마자 알아서 먼저 커피를 내리는 것은 점원의 배려이자 일종의 서비스일 테다.

나는 당신이 우리 카페의 단골손님임을 알고 있습니다. 당신의 커피 취향 또한 아주 잘 알고 있죠. 늘 그랬듯이 '따뜻한 아메리카노에 샷 추가 물은 반만' 맞으시죠? 갓 로스팅한 원두로 맛있게 커피를 내려드릴게요. 오늘도 좋은 하루 보내세요!

아마도 카페 점원의 마음은 이렇지 않을까. 매일 아침 같은 시각에 얼굴을 보는 사이, 굳이 말하지 않아도 서로를 알아보는 사이, 상대의 확실한 취향 하나를 알고 있는 사이… K와 카페 점원 사이에는 뚜렷한 관계의 고리 하나가 생긴 셈이다.

"어떤 날에는 그 카페 점원의 기분까지 알 수 있을 것 같다니까. 어쩐지 오늘은 표정이 좋지 않네. 어젯밤 잠을 설쳤는지 피곤해 보이는군. 오늘은 무슨 좋은 일이 있나 봐. 평소보다 더 반가워하는 얼굴이야… 하면서 나 혼자 속으로 중얼거리고 있더라고."

친구가 되어가는 과정이 반복적 만남을 통해 상대를 알아가고 서로를 공감하는 것에서 시작된다면 K와 카페 점원은 이미 반은 친구가 된 것인지도 모르겠다. 어쨌든,

K가 매일 그 카페에 가는 이유 중 하나는 자신의 취향을 알아주는 친절한 점원 때문임이 분명하다.

만약 나라면, 주문도 하기 전에 미리 내 취향을 알고 커피를 준비하는 점원이 있는 카페라면 가지 않을 것 같다. 나라는 사람을 들켜버린 기분, 과장되게 말하면 어쩐지 발가벗은 기분이 들기 때문이다. 그런 이유로 나는 특정 카페의 단골이 되기를 거부한다. 카페 점원이 나를 기억할까 봐 "따뜻한 아메리카노에 샷 추가 물은 반만" 같은 누가 봐도 눈에 띄는 주문은 절대 하지 않는다. 아무도 나를 알아보지 못하는 '익명 1'로 남는 것이 편하다.

어쩌면 단순히 나를 알아보는 게 싫다는 문제가 아니라 카페 점원, 그러니까 낯선 타인과 새로운 관계 맺기를 거부하고 있는지도 모른다. 카페의 단골이 된다는 것은 커피 구매자 이상이 되는 것이고, 카페 사용자를 넘어서는 일이다. 단골이라는 단어에는 어딘지 모를 정이 있다. 주인장과 손님의 오랜 시간이 단골이라는 단어 속에 함축되어 있는 듯하다.

내 안의 따뜻함과 차가움을 나는 아주 잘 안다. 때로는 카페라테 같은 따뜻함이 우러나와 차가운 공기를 녹일 때도 있지만 그보다 더 많은 시간을 샷 추가한 아이스 아메리카노처럼 쓰고 차가운 마음으로 살아간다. 관계를 맺기보다는 피하는 쪽을, 마음을 전하기보다는 외면하는 쪽을, 함께 있기보다는 혼자가 되는 쪽을 선택해왔다. 단지 그게 더 편하다는 이유만으로….

관계에는 양면성이 있어서 기쁨과 즐거움이 있다면 분노와 슬픔 같은 부정적인 감정들도 필연적으로 따르기 마련이다. 나는 그런 부정적인 감정들을 경험하지 않은 관계를 맺어본 적이 없다. 모두가 그렇게 관계를 맺으며 울고 웃으며 살아가는 것일 텐데, 좋았던 관계가 서서히 변해가는 과정을 받아들이기가 갈수록 힘들다. 적당히 거리를 두고 서로를 알면서도 모른 척 살아가는 것이 더 나은 게 아닐까 싶지만, 그 역시도 현명한 답은 아닌 듯하다.

카페 산책자인 나는 오늘도 카페를 찾아 집을 나선다. 아무도 나를 모르는 곳, 알면서도 모른 척해주는 곳, 최대한 익명성이 보장되는 곳에 둥지를 틀고 싶다. 그렇지만 카페 점원이 나를 알아보는 날이 오더라도 무작정 피하지만은 말아야지. 여전히 단골이 되는 건 부담스럽지만, 한 번쯤은 나를 알아봐 주는 점원과 짧은 대화를 나눠보는 것도 썩 괜찮은 일이겠지.

내 정체가 들통나 봐야 뭐 별 게 있겠나. 간첩도 아니고, 국정원 비밀 요원도 아니니 기껏 들킨다고 해 봐야 조용하고 얌전한 겉모습 뒤에 꼭꼭 숨겨놓은 속 좁고 겁많고 이기적인 모습 정도겠지. 그 정도라면 들켜도 괜찮지 않을까. 오히려 미리 들켜버리는 편이 더 낫지 않을까, 이런 생각을 해보는 아침이다.

친구는 별로 없지만
조문객은 많았으면
좋겠다

난 친구가 그리 많은 편은
아니다. 학창 시절 반에서 있는 듯 없는 듯 조용한 아이
였고, 여럿의 친구를 사귀기보다는 단짝 친구를 만드는
게 더 쉽고 편했다. 활발하고 적극적인 반 친구들이 무리
지어 유쾌하게 노는 모습이 부럽지 않았던 것은 아니지
만 굳이 노력해서 속하고 싶지는 않았다. 그건 피차 마찬
가지여서 그들도 나에게 별로 관심은 없었던 것 같다. 다

행인 것은 원만한 성격 덕분에 특별히 적이 생기진 않았고 그런대로 무난히 학교생활을 할 수 있었다는 점이다.

대신 소수의 친구와 밀도 높은 관계를 맺는 일에 있어서만큼은 누구보다 자신 있다고 자부할 수 있다. 학창 시절 만난 친구들은 물론이고 사회에서 만난 친구와도 비즈니스적인 이해관계를 떠나 서로의 깊은 속마음을 보여주며 잘 지내고 있다. 몇 안 되는 그 소수의 친구들이 내 삶의 지분 가운데 3분의 1 이상은 차지하고 있다. 마음이 힘들고 지칠 때 친구를 만나 내 얘기를 하고 공감에 응원까지 받은 날에는 세상을 다 가진듯하다. 같은 취향으로 마음이 맞아 끝나지 않는 수다를 떨어 재낄 때는 세상 어떤 악의 무리가 쳐들어온다 해도 거뜬하게 물리칠 힘을 얻은 것만 같다.

프리랜서이다 보니 매일 만나는 직장동료도 없고, 동창회나 동문회 같은 것도 나가지 않으니 불필요한 에너지를 쓰지 않아 좋은 것도 있지만 요즘 들어 걱정되는 게 하나 있다. 나이에 걸맞게 자연스레 따라오는 사회적 관계가 너무 부족한 것은 아닌가 싶은 생각이 들기 시작한 것이다.

이런 생각을 구체적으로 하게 된 계기는 몇 년 전 할머니의 장례식장에서였다. 97세로 돌아가신 할머니의 장례식은 크고 화려하진 않았지만 진심으로 찾아주신 조문객들로 북적였다. 평소 할머니가 친척들에게 베풀었던 마음이 이렇게 응답을 받는 건가 싶어 감사한 마음이 들기도 했는데, 무엇보다 조문객의 다수를 차지했던 분들은 아빠의 지인들과 동생의 회사 사람들이었다. 아빠는 총동창회 회장까지 할 정도로 발이 넓은 사람이고, 동생은 내로라하는 대기업 부장이었다. 그러니 아빠와 동생 쪽으로 온 조문객이 많은 건 당연한 일이다. 나야 일개 프리랜서이고 조모상에 예전에 함께 일했던 지인들에게까지 연락을 하는 건 마음이 내키지 않았다. 굳이 부고를 알려서 그들의 바쁜 하루에 짐을 주고 싶지 않았다. 가까운 친구들에게는 문자로 부고를 전했지만 역시나 같은 이유로 장례식장에 오겠다는 것을 극구 말렸다. 그중에 고집스러운 몇 명은 장례식장을 찾아주었고, 내 뜻에 따라준 친구들은 따로 조의금만 보내주었다.

살다 보면 누군가의 경조사에 찾아가거나 누군가 나의 경조사에 찾아오는 일은 자연스러운 것인데, 내게는 왜 이리 힘든지 모르겠다. 할머니의 장례식은 상주가 아니니 그렇다 치더라도, 아직은 상상할 수도 없고 상상하고 싶지도 않지만, 언젠가 부모님이 세상을 뜨시게 되는 날… 그날을 생각하면 아찔하다. 변변치 못한 딸로 인해 부모님의 장례식장이 초라해질까 봐. 물론 친척들과 부모님의 지인들, 동생의 회사 사람들이 찾아오겠지만 어쩐지 마음 한구석이 휑할 것 같다.

그러던 차에, 방송작가협회에 가입하게 됐다. 회원들에게 돌아가는 복지혜택을 살펴보다가 건강검진, 콘도 사용과 더불어 눈에 띄는 하나를 발견했다. 부모상을 당했을 때 협회 이름으로 근조 화환을 보내주고 장례 관련 물품 등을 지원해준다는 내용이었다. 그즈음 동생을 만났을 때, 나도 모르게 이 말이 튀어나왔다. 약간의 기쁨과 자랑을 담아서 말이다.

"나 방송작가협회에 가입했는데, 부모상 당했을 때 근조화환을 보내준대. 물품도 지원해주고…."

내 말에 동생이 무심히 대답했다.

"그래? 잘됐네."

잘되긴 뭐가 잘됐다는 걸까. 누나가 방송작가협회에

가입한 것이 잘됐다는 것이겠지. 내가 자랑 섞인 어조로 말을 했으니까. 이후 내가 동생에게 한 말의 속뜻을 자각하고 소스라치게 놀라지 않을 수 없었다.

의식의 흐름을 따라가 보면 이렇다. 나는 내심 부모님의 장례식에 부를 수 있는 지인이 많지 않다는 것을 걱정하고 있었다. 그것은 부모님이 돌아가시는 것, 부모님의 장례식이 쓸쓸할 것에 대한 걱정이 아니었다. 나의 사회적 관계가 빈약함에 대한 걱정, 그로 인해 부모님의 장례식장에서 나의 사회적 성공 여부가 성적표처럼 드러날 것에 대한 두려움이었다. 그런데 방송작가협회에서 장례 물품 등을 지원해주고 그럴듯하게 협회 이름이 적힌 근조화환까지 보내준다니 어쩐지 폼날 것만 같았던 거다. 내 지인들이 많이 오지 않더라도, 크게 이름을 날릴 만큼 성공하진 못했더라도 그 화환 하나만으로 떳떳한 기분을 느낄 수 있을 것 같았다. 이런 나의 밑바닥을 들여다보고 소름이 끼쳤다. 이건 아니잖아. 아무리 그래도… 부모님이 돌아가신 거라고! 그런 네 알량한 명예 따위 생각하고 있을 때가 아니란 말이다!

'친구는 별로 없지만 조문객은 많았으면 좋겠다'는 이

율배반적인 마음이 또 어디 있을까. 게다가 부모님의 장
례식에 조문객이 많이 와주었으면 하는 이유가 겨우 내
자존심 때문이었다니… 내가 이기적인 사람인 줄은 알았
지만 이 정도일 줄은 몰랐다. 나란 인간의 허약함을 현미
경으로 깊이 들여다본 기분이었다.

　그렇지만 욕심 많은 나는 여전히 소망한다. 부모님의
장례식은 상상하기도 싫지만, 그것과는 별개로 조문객은
많이 와주었으면 좋겠다고. 순전히 내 명예와 자존심 때
문은 아니다. 부모님의 마지막이 외롭지 않기를 바라는
마음이 이제 더 크다. 하지만 조문객이 적다고 해서 꼭
외로울 거라는 편견도 내려놓아야겠다. 장례식장의 조문
객 수보다 중요한 건 각자에게 주어진 시간을 치열하게
살다간 사람의 삶과, 그를 추모하고 기억하는 사람들의
따뜻한 마음일 테니.
　나의 진짜 소원은 이렇다. 친구들과의 우정이 더욱 돈
독해졌으면 좋겠고, 부모님이 가능한 오래오래 건강하게
내 곁에 함께 있어 주셨으면 좋겠다. 내게 소중한 것은
알량한 자존심이 아닌 지금 내 곁에 있는 사람들이므로.

4부

고독한

수련가

게으름의
시간

　　　　　　　일요일 늦은 저녁, 무턱대
고 집을 나섰다. 온종일 아무것도 하지 않아서 뭐라도 해
야 할 것 같았다. 정확히 말하면 아무것도 하지 않은 건
아니다. 커피도 마셨고 간단히 밥도 먹었다. 빨래도 널고
설거지도 했으며 바닥을 뒹굴다가 책도 조금 읽었다. 낮
잠도 잤다. 오랜만에 푹 쉬기로 작정한 날이었지만 밖이
조금씩 어두워지기 시작하자 죄책감이 밀려왔다.

'온종일 아무것도 하지 않았다'는 건 '생산적인 활동'을 하지 않았다는 뜻이기도 하다. 언젠가부터 생산적인 활동을 하지 않으면 시간을 낭비했다는 생각이 들곤 했다. 돈 버는 일, 목표를 향해 다가가는 일, 창조적인 일을 하지 않으면 마음이 불안해졌고 의미 없이 하루를 날려버린 자신을 탓하기에 이르렀다.

머리로는 휴식과 재충전이 필요하다고 생각한다. 의미 없다고 여겨지는 것들에서 진짜 의미를 발견할 수 있다는 것 또한 아주 잘 알고 있다. 그런데도 현실에 부딪혀 살아갈 때는 기준이 엄격해진다. 그날 하루를 마감할 때면 나도 모르게 생산적 활동과 비생산적 활동의 대차대조표를 만들어 비교하게 된다. 헛되이 보냈다고 여겨지는 날에는 화장실에서 뒤처리하지 않고 나온 듯 찜찜한 기분에 휩싸인다. 시간을 의미 없이 흘려버린 대가로 삶이라는 배가 좌초에 부딪히진 않을까 두려워진다.

정말 그럴까? 아무것도 하지 않은 일요일 하루, 그 하루 때문에 내가 탄 배가 풍랑 속으로 떠밀려 갈지도 모른다는 불안함이 과연 믿을만한 생각인가? 어쩌면 '고작 하루'일 뿐인데, 그 하루 때문에 나는 왜 이토록 불안해지는 걸까? 아마도 불안한 마음은 표면적인 이유에 불과할 것이다. 그 표면 아래 깊숙이 숨겨진 내 진짜 욕망은 무엇이길래, 나는 이토록 전전긍긍하는 걸까.

알랭 드 보통이 말했듯이 나의 불안도 현대 사회의 '사회적 지위(Status)'와 관련되어 있다. '내가 나를 어떻게 보느냐'가 아니라 '세상이 나를 어떻게 보느냐'가 더 중요한 가치가 된 것이다. 나 역시도, 세상의 시선에서 더 가치 있는 사람이 되기 위해 불철주야 노력하며 허송세월해서는 안 된다고 생각했다.

천성이 게으른 데다 의지력 부족인 탓에 목표 집중적으로 살지도 못하면서 마음은 늘 조급하다. 달리는 버스 위에서 더 빨리 가려고 뛰고 있는 느낌이다. 남들 보기에 그럴싸한 사회적 지위를 획득하고 싶다는 집착이 발동된다. 무언가를 하고 있다는 동사적 행위보다 번듯한 명사적 지위에서 의미를 찾으려 할 때, 게으름의 시간은 불안을 잉태한 비생산적인 활동이 되어 버린다.

명상공동체 플럼 빌리지(Plum Village)에는 일주일을 기준으로 매일매일 정해진 일정이 있었다. 새벽 예불을 하고, 걷기 명상을 하고, '쓰레기를 어떻게 꽃으로 만들 수 있을까?'와 같은 화두로 토론을 하고, 수북이 쌓인 낙엽을 치우기도 한다. 그 가운데 인상적이었던 것은 '게으름의 날(Lazy Day)'이다. 일주일에 단 하루 주어지는 게으름의 날에는 공식적으로 정해진 일정이 없다. 자기 마음대로 쉬고 싶으면 쉬고, 놀고 싶으면 놀면 된다. 게으름을 피운다고 뭐라고 하는 사람은 없다. 오히려 마음껏 게으름을 피워야 하는 날이다.

내가 만난 플럼 빌리지의 스님들은 게으름의 날이 되면 새벽 예불도 하지 않고 느긋하게 아침 식사를 즐겼다. 온종일 쉬면서 예쁜 단풍잎을 줍거나 산책을 하고 노래를 불렀다. 수행자의 삶에서 게으름은 반드시 피해야 할 덕목이라 여겼던 나에겐 낯선 풍경이었다. 게으름이 만들어내는 여유가 일상을 새로운 리듬으로 채우고 있었다. 그들은 무언가가 될 필요가 전혀 없어 보였다. 그 순간 그들은 각자의 자리에서 있는 그대로 평화로워 보였다.

게으름만 피우다 하루를 비생산적으로 보냈다고 자책하던 그 일요일 저녁, 하염없이 길을 걸으며 나는 별안간 플럼 빌리지에서 날들을 떠올렸다. 마음껏 게으름을 피우며 여유를 느끼던, 더없이 평화로웠던 플럼 빌리지에서의 하루가 빛바랜 시간들 사이로 선명히 떠올랐다.

생각해보니 플럼 빌리지에서 돌아와 세상과 타협해가면서 그때의 느낌들을 완전히 잊은 채 살아왔다. 글을 쓰는 감각에 온전히 집중하기보다 이름 있는 작가가 되는 데에 집착했고, 함께 일하는 사람들과 연결된 느낌을 느끼기보다 일이 끝난 후에 얻을 수 있는 이득을 계산했다. 나라는 존재감을 획득하기 위해 명예와 성공을 좇는 마음은 하루하루가 바쁘고 불안하다. 한순간도 여유를 부릴 틈이 없다. 쉬어도 쉬는 게 아니다. 많은 것을 내려놓았다고 생각했는데, 마음을 자세히 들여다보니 더 많은 것을 붙들고 있었다.

바쁘다는 핑계로 한동안 하지 못했던 명상을 다시 시작하기로 했다. 틈틈이 요가 수련에도 집중했다. 움직이는 명상이기도 한 요가는 마음과 신체를 동시에 단련하는 데 큰 도움이 되었다. 그렇게 명상과 요가를 하면서 일상이 다시 힘을 얻기 시작했다. 일상에 힘이 생기니 '사회적 지위'에도 예전만큼 관심이 생기지 않았다. 사회적으로 성공하는 것보다는 내 삶을 하루하루 탄탄하게 꾸려가는 것에 더 관심이 갔다. 일하는 동안은 일에 집중하고, 친구를 만날 때는 친구를 만나 신나게 수다 떨고, 쉴 때도 마음껏 빈둥거릴 수 있는 여유가 생겼다. 그렇게 나는 점점 똥글똥글해질 수 있었다.

플럼 빌리지가 수행자들에게 게으름의 날을 선사했던 것처럼, 나도 나 자신에게 기꺼이 게으름의 시간을 선물할 수 있게 된 것이다. 아무것도 하지 않을 자유. 그보다 멋지고 주체적인 인생이 또 어디 있겠는가.

돌이켜보면 좋은 아이디어들은 빈둥빈둥 게으름을 피우던 시간 속에서 탄생했다. 아무런 대가 없이 좋아하는 음악을 듣고 영화를 보고 낮잠을 자고 산책을 하던 평범한 날들 속에서 위대한 서사의 프롤로그가 시작되고 있었는지도 모른다. 생각을 멈춘 뇌야말로 창조적인 아이디어를 떠올리는 데 최적의 상태인 셈이다.

한동안 세상은 '미라클 모닝'으로 분주했다. 새벽 네시 반부터 하나둘씩 불빛이 켜지고 남들보다 빨리 하루를 시작하는 사람들이 많아졌다. 그들이 저만치 앞서갈까 봐 불안해지는 것도 사실이지만 중심을 잡고 나만의 리듬을 찾아가야겠다.

이른 새벽에 일어나면 모기향에 취한 모기처럼 맥을 못 추는 나는 일단 아침잠을 더 자는 달콤한 게으름을 택하련다. 남들이 일찍 일어나 운동을 하고 책을 읽는 시각, 깊은 단잠을 자다가 영감을 주는 꿈이라도 꿀지 누가 아는가. 그런 날이 온다면 개운하게 잠에서 깨어 새벽녘에 꾸었던 꿈을 얼른 받아 적어야지. 꿈을 꾸지 않아도 상관없다. 마음껏 게으름을 피운 아침, 푹 자고 일어나 모닝커피 한잔으로 하루를 시작하는 그 자체가 '기적의 아침'이 될 테니까.

저질 체력자의
이유 있는 변명

잠을 여덟 시간 이상 잤는데
도 아침에 일어날 때 몸이 찌뿌둥하다. 종일 거의 아무것
도 하지 않고 소파에서 뒹굴었는데도 꼼짝할 기운이 없
다. 바쁜 하루를 보낸 다음 날에는 아무 일정도 잡지 말
고 집에서 쉬어야 한다. 이른 새벽에 일어나야 할 일이
생기면 밤새 이불을 뒤척이며 잠들지 못한다. 어쩔 수 없
이 일찍 일어난 날에는 피곤하고 눈꺼풀이 무거워 일에

집중하기가 힘들다. 이 모든 이유로 일상의 효율성이 떨어진다. 주어진 시간을 허송세월할 때가 많다. 그렇게 낭비된 시간에 대해 죄책감이 든다.

혹시 앞의 이야기에 공감하며 고개를 마구 끄덕이고 있다면, 먼저 깊은 위로의 마음을 전한다. 위의 항목이 전부 내 얘기처럼 느껴지는 우리는, 한마디로 '저질 체력'의 소유자이다. 짧은 동영상 몇 개를 보고 나면 배터리가 방전되는 오래된 스마트폰처럼 말이다.

해도 뜨지 않은 새벽에 일어나 출근 전 독서를 하고 운동을 하고 글을 쓰는 사람들, 자투리 시간을 쪼개 쓰며 한순간도 허투루 보내지 않는 사람들, 가만히 앉아 있지 못하고 뭐라도 할 것을 찾아 몸을 바삐 움직이는 사람들… 그러고도 가뿐하게 하루를 시작하는 이들을 보면 질투와 경외심이 동시에 든다. 그들은 내가 감히 경쟁조차 할 수 없을 정도로 튼튼한 체력을 갖고 있다.

체력으로 따지자면, 나는 효율성과 생산성을 중시하는 자본주의 사회에 영 어울리지 않는 인간이다. 효율성과 생산성 지표를 비교하면 최하까진 아니더라도 하급에 가깝지 않을까.

내 경험상, 자기 계발 능력 또한 팔 할은 체력이다. 내가 아는 자기 계발이란 인간에게 주어진 한정된 자원을 효율적으로 활용해 인생에서 최대의 효과, 궁극적으로는 성공을 이뤄내는 것인데, 이게 다 체력 싸움이다. 체력이 부족하다면 결국 뒤처지고 말 것이라는 불안이 엄습해온다. 내가 새벽 네 시에 일어나 거뜬히 하루를 시작할 수 있는 사람이라면? 하루 24시간을 쪼개어 쓰면서 목표를 향해 달려갈 수 있는 사람이라면? 하룻밤을 새우더라도 다음날 다시 열정적으로 일할 수 있는 사람이라면? 지금보다 더 나은 내가 되어 있지 않았을까 하는 아쉬움이 드는 거다.

체력을 기르기 위해 몸에 좋은 음식을 챙겨 먹자, 살이 쪄서 몸이 무거워졌고 몸이 무거워지니 더 피곤해졌다. 살도 빼고 체력도 기르기 위해 달리기를 시작했는데, 막상 달리기가 끝나고 나면 너무 피곤해 아무것도 할 수가 없다. 이럴 바엔 가능하면 움직이지 말아보자고 생각했는데, 근육이 빠지는 바람에 체력은 다시 원점으로 돌아왔다. 아니, 오히려 더 떨어진 것 같기도 했다.

지금까지 나의 행동 패턴은 대략 이런 식이었다. 출구

를 찾을 수 없는 저질 체력이라는 이름의 터널을 헤매고 있는 기분이랄까.

모든 것은 마음의 문제, 의지의 문제인지도 모른다는 생각을 하기도 했다. 체력이 안 좋아서 못 하는 게 아니라 제대로 해낼 의지가 없으니 체력도 같이 떨어져 버린 게 아닐까. 어쩌다 예상치 못한 좋은 일이 생기는 날에는 잠을 안 자도 뛰어다닐 수 있을 것 같고, 밥을 안 먹어도 날아다닐 수 있을 것 같은 기분이 들 때도 있다. 아쉽게도 그런 날은 살면서 며칠 되지 않는다는 게 문제이지만….

그렇다면 세상을 바라보는 시각의 문제가 아닐까 하는 생각도 든다. 모든 날 모든 순간을 부드럽고 따스하게 바라보는 태도를 지닌다면, 특별히 좋은 일이 생기지 않더라도 하루하루를 에너지 가득하게 보낼 수 있지 않을까. 몸속에서 행복 호르몬이 대량 방출되어 활력이 샘솟는 일상, 생각만 해도 짜릿하고 아름답다. 하지만 과연 그렇게 살아가는 사람이 과연 몇 명이나 있을까 싶다.

그래서 하고 싶은 말이 대체 뭐냐고 묻는다면, 글쎄. 핑계나 변명은 이쯤에서 멈추고 나의 함량 미달 체력을 강하게 만드는 방법이 뭐가 있을까 답을 찾고 싶다는 말이다. 자본주의 사회에서 최대 효율을 내겠다는 욕심은 내려놓더라도, 허약하고 예민한 마음을 강하게 만들려면 체력을 먼저 키워야 한다는 것을 깨달았기 때문이다. 건강한 신체에 건강한 정신이 깃든다는 말처럼, 몸이 지치고 피곤해지면 마음 또한 더 예민해지는 법이니까.

체력을 기르기 위해 지금까지 내가 사용한 방법은 이렇다. 불필요한 곳에 쓸데없이 에너지를 쓰지 않기, 대신 필요한 곳에만 집중적으로 몰입하기, 그리고 기꺼이 나에게 사치스러운 휴식을 허하기.

하지만 이 방법에도 부작용은 있다. 불필요한 곳에 에너지를 쓰지 않으려 하다 보니 주관적인 기준으로 '필요'와 '불필요'를 판단하게 된다. 나에게 불필요한 일이 상대에게는 반드시 필요한 일일 경우, 내 의지와 상관없이 상대에게 상처를 주게 되는 경우도 생긴다. 나를 필요로 하는 가족이나 친구를 거절하고 혼자만의 시간을 가져야만 하는 상황이 그렇다. 그럴 땐 나를 위해서만 에너지를 쓰는 일이 조금 이기적으로 느껴지기도 한다.

어쩌겠는가. 함량 미달, 저질 체력으로 태어난 게 상수라면 그 상수를 기준으로 삶을 재배치할 수밖에. 체력을 아끼기 위해서라면 조금 이기적으로 느껴지더라도 별다른 도리가 없다. 비생산적이라 여겨지는 과한 휴식 시간 또한, 건강한 에너지를 만들기 위해서라면 충분히 쓸모의 시간이 될 것이다.

아직까진 한약을 먹으면 반짝 체력이 샘솟는다는 게 다행이라면 다행인 소식이다. 특히 최근에 친구 소개로 먹게 된 공진단은—플라세보 효과인가?—없던 체력도 솟구치게 하는 강한 마력을 지녔다. 하지만 평생 한약이나 공진단을 먹으며 연명할 수는 없으니, 나에겐 다른 솔루션이 필요하다는 걸 절감하고 있다.

지금까지의 경험으로는 마음의 근육을 단단하게 하는 데 운동만 한 게 없는 것 같다. 몸의 근육이 많아지는 만큼 마음의 근육도 강해진다는 것을 실감하는 요즘이다. 달리기든, 요가든 운동을 강하게 한 다음 날에는 어김없이 근육통이 찾아오지만 이제 근육통을 즐길 수 있는 여유도 생겼다. 운동 후 생긴 근육통은 내 힘의 한계를 넘었다는 일종의 훈장과도 같아서, 통증의 강도만큼 자신감의 크기도 더 커지기 때문이다.

현재는 달리기 대신 매일 요가를 하고 있다. 모든 게 다 그렇지만 처음엔 익숙지 않아 힘들어도 꾸준히 하다 보면 근력이 생기고, 자연스레 체력도 좋아지게 되어 있다. 예민한 기미는 넘치는 체력과 단단한 마음 근육을 비집고 들어올 힘이 없다. 이게 바로 내가 요가를 멈출 수 없는 이유다. 꼬부랑 할머니가 되어서도 요가를 하는 내 모습을 상상해본다. 기분 좋은 상상, 내가 꿈꾸는 미래다.

운동하는 여자의 근육

          대학교 1학년, 처음으로 소개팅을 하게 됐다. 연애를 목적으로 낯선 상대와 만나는 자리가 불편해 굳이 나가고 싶지 않았지만, 친한 친구가 등을 떠밀어 어쩔 수 없이 나가게 된 자리였다. 마지못해 나가는 척했지만, 벚꽃이 날리는 봄날인 만큼 연애에 대한 몽글몽글한 기대가 없지는 않았다. 걱정했던 것과 달리 상대는 나를 편하게 대해주었고 덕분에 긴장했던 마음도 한결 여유로워졌다. 다행히 상대의 외모도 내가 좋아하는 스타일이었고, 대화도 잘 통했다. 첫눈에 반했다고까지는 말할 수 없지만 나는 그가 마음에 들었다. 저녁 늦게까지 시간을 보낸 후, 그가 나를 집까지 바래다주며 기분 좋게 헤어졌다.

이후 애프터 신청을 기다렸지만 며칠이 지나도 그에게서 연락은 오지 않았다. 소개팅을 주선한 친구에게서도 별다른 말을 듣지 못했다. 그는 내가 마음이 들지 않았던 거구나. 함께 했던 반나절의 시간은 분명 좋았는데, 그의 단순한 호의를 나에 대한 호감으로 착각하다니… 내가 너무 순진했다는 생각이 들면서 자존심이 상했다. 그로부터 몇 달 후, 그에게 여자친구가 생겼다는 소식을 전해 들었다. 캠퍼스에서 우연히 보게 된 그의 여자친구는 나와는 달리 작은 얼굴과 가녀린 몸의 소유자였다. 내 외형이 그에겐 매력적이지 않았던 거구나 싶은 생각이 든 순간, 마음에 예민함 한 조각이 침투했다. 그때부터 나는 작은 얼굴, 가녀린 어깨, 가느다란 팔다리를 꿈꾸게 되었다.

학창 시절, 인기 많던 여학생들은 대부분 그런 스타일

이었다. 만화책이나 로맨스 드라마의 여주인공들도 하나같이 그랬다. 하얀 피부에 윤기 나는 긴 생머리, 하다못해 손가락까지 가늘고 길었다. 아름다운 여자를 볼 때면 같은 여자이면서도 설렜다. 인간에게 아름다움을 느끼는 감각이 어떻게 생겨났는지 모르겠지만 나는 큰 것보다는 작은 것, 굵은 것보다는 가느다란 것, 세고 강한 것보다는 여리여리한 것, 거친 것보다는 부드러운 것들을 더 아름답다 여겼다.

거울에 비친 나의 몸과 얼굴은 아름다움의 기준에서 멀리 떨어져 있었다. 그나마도 청춘의 생기가 아름다움의 자리를 채워주던 시절이었다. 봄날의 풀잎 같은 연한 분위기로도 그럭저럭 빛을 낼 수 있던 날들이었다.

그러다 덜컥 젊음이라는 아름다움에 기대기에는 어쩐지 염치가 없어지는 나이가 찾아왔다. 더 이상 거울을 보기도 사진을 찍기도 싫어졌다. 거대하고 둥실둥실한 나의 몸이 꼴 보기 싫었다. 처음부터 잘못 입력된 몸에 대한 관념은 이후로도 나를 괴롭혔다. 살을 빼겠다고 식단 조절을 하고 디톡스도 해보았지만 그때뿐이었다. 이전에는 배고픔을 참는 일이 어렵지 않았는데, 요즘은 한 끼만

제시간에 챙겨 먹지 못해도 현기증이 난다. 참을성이 없어진 건지, 식탐이 강해진 건지… 둘 다 이유가 되겠지만 무엇보다 밥심이 필요한 나이가 됐기 때문이라는 생각이 든다. 슬프게도.

평생소원이었던 가느다란 팔다리를 가져보지도 못한 채 포기하려니 뒤끝이 씁쓸하다. 안다. 다시 태어나지 않고서는 가질 수 없는 몸이라는 사실을. 설사 다시 태어나더라도 내가 원하는 몸을 갖게 된다는 보장도 없다. 포기하고 나니 의문 하나가 떠오른다. 나는 왜, 그런 몸만을 아름답다 여겼던 걸까?

황금비율이라는 아름다움의 절대 기준이 있긴 하지만 사실 아름다움은 인식의 문제다. 주관적 인식을 넘어 사회문화적인 시선과 판단에서 자유로울 수 없다. 특히나 여성의 몸은 수치와 형태로 재단되는 경우가 많았다. 사회가 정해놓은 기준에서 벗어나는 순간, 수많은 질타와 눈초리가 그 몸의 소유자인 여성을 향하곤 했다. 그러니 내가 아름다움에 대해 편협한 잣대를 가지고 있었던 건 전적으로 내 잘못만은 아니다.

하지만 이제 시대가 바뀌었다. 사회나 남성의 시선이

아닌, 오로지 자기만의 기준으로 스스로의 몸을 바라보는 시대가 되었다. 자연스레 아름다움에 대한 기준과 인식도 달라지기 시작했다. 여리여리한 몸을 향한 집착은 사회가 주입한 편협한 잣대에서 발현된 거였다. 비로소 나의 몸이 제대로 보이기 시작했다. 그 순간부터는 단순히 살을 빼기 위한 목적이 아니라 진정 나를 위한 요가를 할 수 있게 되었다.

본격적으로 요가를 하고 나서부터 체질 변화와 함께 몸의 형태도 조금씩 변하기 시작했다. 일단 땀이 많아졌다. 예전에는 사우나를 가도 땀이 잘 나지 않는 체질이었는데, 요가를 하고 난 후부터는 조금만 날이 더워져도 땀이 난다. 바람결에 스쳐오는 내 땀 냄새에 내가 먼저 놀라 흠칫할 때가 많다. 손발이 따뜻해진 것도 달라진 점이다. 수면 양말을 신지 않고는 잠을 잘 수 없었던 과거를 생각하면 달라져도 많이 달라졌다.

몸의 형태 가운데 눈에 띄게 달라진 부분은 어깨 근육이다. 순하기만 하던 어깨가 잔뜩 성이 났다. 더불어 팔뚝도 한껏 굵어졌다. 종아리와 허벅지도 마찬가지다. 섬세한 붓으로 흘려 그린 듯 부드럽고 가녀린 곡선을 꿈꿨는데, 오히려 반대가 되어간다.

물론 여전히 군살도 많고, 특히나 뱃살은 구제 불능이
지만 몸이 점점 단단해져 간다는 느낌은 실감한다. 맥없
이 길고 가느다랗기만 한 몸과는 다르다. 일반적인 아름
다움의 기준에서는 멀어져 가고 있지만 배 속 깊은 곳,
코어 근육에서부터 나름의 뻔뻔함이 솟아오른다. 이만
하면 어때? 건강하고 튼튼해 보이는 몸이잖아! 건강하고
씩씩하게만 자라 달라는 모든 부모님들의 바람대로, 나
는 여전히 건강하고 씩씩하게 자라는 중이다.

이제 나에게도 나만의 아름다움을 감각할 수 있는 눈
이 조금씩 생겨나고 있다. 꽃향기가 아닌 땀 냄새가 나더
라도, 팔다리 근육에 잔뜩 성이 났더라도 운동하는 여자
의 몸은 아름답다. 그 몸속에서 건강한 생명력이 뿜어져
나오기 때문이다. 살아 있음을 긍정하고, 내 몸을, 나아
가 내 거친 마음까지 한껏 포용할 수 있는 힘이 운동하는
여자의 근육에서 생겨난다고 믿는다.

문득 영화 〈그래비티〉의 마지막 장면이 떠오른다. 우
주를 떠돌던 라이언 스톤 박사가 간신히 지구에 도착해
자신의 두 다리로 땅을 딛고 일어나는 장면은 언제 봐도

감동적이다. 우주는 인간에게 중력을 앗아가 팔다리 근육을 쓰지 못하는 부유물로 만들어 버린다. 저항이 있더라도, 아픔과 통증이 있더라도 중력에 맞서 근육을 만들 수 있는 지구가 더 다이내믹하다.

중력의 무게를 견디지 못한 채 살은 점점 탄력을 잃고 처져 가겠지만 계속 팔다리를 움직여 땀을 흘리련다. 지구에서 지구인으로 사는 동안은 마음껏 땀 냄새를 풍기고 싶으니까. 나는 죽을 때까지 운동하는 여자다.

요가가 취미에서
수련이 될 때

요가를 처음 시작한 지는 15년 정도 되었고 본격적으로 몰입한 것은 6, 7년 전부터다. 길지 않은 요가 인생을 전반부와 후반부로 나누어 비교한다면 전반부는 취미, 후반부는 나름의 수련 기간이라고 할 수 있다.

수련이라고 칭하긴 했지만 그리 거창하진 않다. 그래도 취미로 요가를 할 때와는 많은 변화가 있는데, 그중 하나가 요가원을 가는 횟수가 늘었다는 점이다. 전에는 일주일에 두어 번, 마음 내키는 날에 가곤 했다면 수련이라고 정한 뒤부터는 거의 매일 갔다. 마냥 귀찮고 방에서 뒹굴뒹굴하고 싶어도 무조건 그냥 갔다. 약속도 가능하면 요가 시간을 피해 잡았다.

무엇보다 요가를 수련의 수단으로 삼고 나서 가장 크게 달라진 점은 육체적 통증을 대하는 마음의 태도다. 요가 동작을 유지하는 동안 육체적 통증은 필연적으로 따라올 수밖에 없는데, 취미로 요가를 할 때는 그 고통을 피하고만 싶었다. 내 돈 내고 요가를 하면서 고통을 참아야 한다는 것이 뭔가 억울하다고 할까. 말 그대로 사서 고생을 하고 싶지 않았다. 쉽게 할 수 있는 동작, 시원하게 스트레칭 되는 동작 위주로 요가를 했다. 물론 이렇게 한다고 해서 효과가 없진 않다. 몸과 마음의 개운함, 힐링되는 기분을 느낄 수 있다.

그 정도로도 충분했는데, 대체 왜? 무엇 때문에 '수련'이라는 시대에 뒤떨어진 단어를 써가며 요가를 하게 된 걸까? 그 시작점으로 돌아가 자문해보았더니 답의 절반은 의지였고, 절반은 처벌이었다. 잡히지 않는 욕망을 좇

다가 상처투성이가 된 20대, 뒤늦게 찾아온 사춘기를 겪으며 어디 있는지도 모를 자아를 찾겠다는 이유로 허송세월 한 30대의 시간이 후회스러웠다. 결국 요가 '수련'을 시작한 이유는, 아무것도 이룬 것 없고 내세울 것 없는 나 자신을 벌주기 위해서였다. 사서 고생을 해보겠다는 다짐, 늘 피하기만 했던 고통을 정면으로 견뎌보겠다는 의지의 표현이었다.

고통을 피하고자 하는 욕망은 단순히 요가에만 국한된 문제는 아니었다. 매번 마주치는 삶의 고비에서 내 선택은 늘 고통을 피하는 쪽이었다. 일할 때도, 꿈을 위해 도전이 필요한 순간에도 조금이라도 힘들 것 같으면 쉽게 포기하고 도망쳤다. 내가 만든 안전지대 안에만 머물며 그 상태를 마음의 평화, 평정심으로 착각했다. 어렵고 고통스러운 문제들을 모른 척했지만, 고통을 피하기 위한 삶의 선택들이 아이러니하게도 내 몸과 마음에 다른 통증을 만들어냈다. 인생은 어떻게든 대가를 치르게 되어 있다는 걸 그때 배웠다.

여태껏 살면서 피해왔던 고통을 요가를 통해서 직면하기로 결심했다. 피하기만 해서는 해결되지 않는다는 것을 깨달았기 때문이다. 살기 위해, 살아남기 위해, 무너지지 않기 위해, 죽지 않기 위해 바득바득 젖 먹던 힘까지 내야 했다. 매일매일 요가라는 감옥에 나를 가둬놓고 벌을 주면서, 또 벌을 받으면서 과거를 청산하는 의식을 내 나름대로 치르고 있었던 것 같다. 이렇게 고통의 역치를 넘기고 나면 지금과는 다른 세계가 보이지 않을까 하는 가느다란 기대를 품고서 말이다.

내가 육체적으로 힘들다고 느낀 동작들은 두 팔로 몸을 들어 올리는 부류의 동작들과 고난도의 동작을 연속적인 시퀀스로 해내야 하는 아쉬탕가 요가였다. 이 동작을 하는 데 필요한 것은 무엇보다 코어 힘과 인내심이다. 코어 힘이 반복적인 연습을 통해 길러진다는 것을 전제로 할 때 필요한 것은 인내심인데, 이 인내심이 바로 고통을 견디는 힘이다. 그러나 나는 인내심 레벨이 바닥, 그것도 아주 밑바닥인 사람이었다.

일할 때도 가능하면 쉽고 빠르게 성취하고 싶었다. 사람이나 상황들이 모두 내가 생각한 대로 척척 돌아가길 바랐다. 조금이라도 견디고 인내해야 하는 상황이라면 그것을 '고통'으로 규정해 버렸다. 지금 생각해보면 견딤과 기다림, 인내 없이 이루어지는 일이 세상에 있을까 싶은데… 생명 탄생의 순간부터 과일과 곡식이 익어가는 시간까지 말이다. 인생을 너무 만만하게 생각했음을 고백한다.

다행인 것은 고통은 언젠가는 끝난다는 것이다. "하나, 둘, 셋… 아홉… 열." 요가 선생님이 붙이는 숫자가 아무리 길어도, 특히나 아홉 다음에 열을 세기까지 그 텀이 얄밉도록 길게 느껴지더라도 한 시간의 요가 수련은 반드시 끝이 있다. 결국은 끝나게 되어 있다. 진정한 평화와 평정심은 최대한의 인내 후 모든 것을 내려놓는 순간에 비로소 찾아옴을 마지막 사바아사나를 하며 배웠다.

이제 더 이상 나를 처벌하기 위한 목적으로 요가를 하진 않는다. 내가 해야 할 일은 오직 지금 겪고 있는 고통을 거부하지 않고 받아들이는 데 있다. 깊이 호흡하다 보면 통증 너머 마음의 고요가 순간순간 찾아오기도 한다. 고통을 즐기는 경지까진 이르지 못했지만 때론 고통이 행복이 될 수 있다는 것은 조금 알겠다.

며칠 전 요가 수업 시간, 초보자로 보이는 한 분이 농담처럼 이런 말을 했다.

"선생님, 이 동작 119 불러 놓고 해야 하는 거 아니에 요?"

그 말에 모두가 공감하여 웃고 있는데, 선생님의 농담 인 듯 농담 아닌 대답이 이어졌다.

"제가 꽤 오래 요가를 가르쳤는데요. 여태까지 한 번 도 119를 부른 적은 없었어요."

그래, 119를 부를 상황이 아니라면 그건 견딜만한 것 이다.

울렁증이
요가 동작에
미치는 영향

여기 한 가수가 있다. 그는 남부럽지 않은 실력자이지만, 한 가지 큰 단점이 있다. 연습실에서 혼자 노래할 때는 조수미를 능가하는 디바가 따로 없는데, 무대 위에만 서면 눈앞이 하얘지고 목소리가 덜덜 떨려 무대를 망치기 일쑤다. 그렇다면 그는 노래를 잘하는 가수일까, 못하는 가수일까?

다른 예시를 들어볼까. 연습할 때는 김연아 선수만큼

이나 뛰어난 솜씨를 자랑하는 피겨 스케이터가 있다. 그러나 그 또한 정작 실전에선 매번 넘어진다면? 이 선수는 피겨 스케이팅을 잘하는 선수일까, 못하는 선수일까?

사실 이는 요가 할 때의 내 모습을 비유한 것이다. 집에서 혼자 연습할 때와는 달리, 요가원에서 선생님과 다른 수련자들이 앞에 있을 때면 유난히 더 휘청거리게 된다. 특히나 한 발로 서서 균형을 잡아야 하는 동작들에서 유독 그런 증상(?)을 보인다. 한 발로 균형을 잡고 선 채 동작을 유지하는 데는 내 기준 '고도의' 집중력이 요구되는데 누가 보고 있다고 생각하면 집중력이 흐트러지고 뱃속이 울렁거린다. 아마도 타인의 시선을 꽤나 의식하는 모양이다.

돌이켜보면, 나는 유난히 실전에 약했다. 수능 시험을 볼 때도 그랬다. 창가 옆 맨 앞자리에 앉아 시험을 보게 되었는데, 감독관이 계속 내 앞에 서 있었다. 물론 나를 감시하기 위해 앞에 서 있던 것은 아니었겠지만, 나는 감독관이 신경 쓰여 제대로 집중하지 못했다. 게다가 왕파리 한 마리가 창문 위에서 날아가지도 않고 윙윙대는 바람에 시험은 점점 더 미궁 속으로⋯(한마디로 망했다는 뜻이다). 지금 같으면 앞에 서 있는 감독관에게 "죄송하지만 자리를 비켜주실 수 있을까요? 집중이 잘 안 돼서요"라고 정중히 말했을 법도 한데, 그때는 그렇게 할 수 있다는 생각조차 못 했다.

대학을 졸업하고 막내 작가로 일을 할 때도 마찬가지였다. 급하게 대본을 쓰다가도 피디나 메인 작가 언니가 보고 있으면 머리가 딱 굳어져 아무것도 쓸 수 없었다. 연예인을 섭외하는 일이 소심한 내겐 참 고역이었는데, 능수능란한 매니저들을 상대하는 일이 쉽지 않았기 때문이다. 연예인 매니저와 통화하며 겨우겨우 출연을 설득시키고 있는 와중에, 피디나 메인 작가 언니가 통화 내용을 듣고 있다는 눈치를 받으면 나도 모르게 버벅대며 말이 꼬여버리기 일쑤였다.

막내 작가 주제에 "저는 혼자 있을 때 능력이 더 발휘된답니다. 제발, 혼자 있게 해주세요!"라고 외칠 수도 없고, 사회생활이라는 게 사실 함께 하는 일들이 대부분이지 않은가. 지금이야 연차도 되고 프리랜서로 일을 하며 따로 또 같이 작업할 수 있는 요령과 여유가 생겼지만 처음 일하기 시작했을 때는 여러모로 마음고생을 했던 기억이 있다.

어쨌거나 남들의 시선을 의식할 때 생기는 울렁증이 요가를 하면서까지 발목을 잡게 될 줄은 꿈에도 몰랐다. 〈요가수트라〉 제1장 2절의 경구는 요가를 하는 사람들에겐 나침반과 같은 가르침인데, 내용은 이렇다.

"요가는 마음의 상태를 통제하는 것이다."

요가란 필시 아사나를 통해 요동치는 마음 작용을 컨트롤하는 훈련 과정이라고 할 수 있겠다. 요가 수행자는 이 가르침에 따라 움직임 속에서도 늘 자신의 내면으로 들어가 마음 상태를 알아차릴 수 있어야 한다. 한데, 나는 내면보다는 밖으로 시선을 돌려 다른 사람을 의식하고 있었으니 겉으로는 요가를 한다고 하면서도 실은 제대로 하고 있지 않았던 거였다.

내면이 아닌 밖으로 마음이 흘러가는 이유에 대해 생각해보았다. 나는 어떨 때 유독 타인의 시선을 더 신경 쓰는 걸까? 고민 끝에 '완벽하게 해내고 싶은 마음'이 들 때 타인을 의식한다는 것을 알게 되었다. 무엇이든 잘하고 싶은 마음, 잘해야 한다는 마음이 큰 탓이었다. 그 마음이 압박감과 부담감을 만들었다. 다른 사람들은 다 잘하는데 나만 못할까 봐 마음 졸였다. 요가원이 처음 문을 열었을 때부터 다녔으니 회원들 중에서 내가 제일 오래 다닌 축에 속하는데 아직도 특정 동작을 못 한다는 사실이 창피했다. 나보다 늦게 요가를 시작한 분들이 내가 못 하는 동작을 척척 해낼 때면 자괴감이 들기도 했다. 이번에는 꼭 잘해내야지, 하는 마음을 굳게 먹을수록 불안함도 더 커졌다.

특히 한 발로 균형을 잡아야 하는 동작을 할 때면 나는 계속 휘청댔다. 내게 있어 요가 매트는 세상의 축소판이었다. 세상이라는 매트 위에서 나는 늘 균형을 잡지 못하고 휘청대고 있었던 거다. '원래 난 못 해, 이번에도 또 못 할 거야'라는 생각 때문에 내가 한 발로 설 수 있다는 것을 의심했다. 흔들릴 때마다 손으로 벽을 짚듯이 누군가에게 기대고 의지하려고만 했다.

한 손으로 엄지발가락을 잡고 한쪽 다리를 허공을 향해 들어 올리려면 반대쪽 다리가 굳건히 바닥을 누르고 있어야 한다. 그 가운데 코어에 힘을 주어 몸의 중심으로 에너지를 모아 오면서 가슴은 활짝 펴고 시선은 당당히 앞을 바라봐야 한다. 유지하는 동안 흔들릴 것 같은 불안함은 반복적인 깊은 호흡으로 잡아낸다.

반대로, 못 할 것 같다는 생각이 드는 순간 땅을 딛고 있는 다리는 후들거리고, 코어 힘은커녕 에너지는 밖으로 다 빠져나간 채 어깨와 등이 굽어 가슴은 움츠려지고, 시선도 흔들리며 바닥을 보게 된다. 호흡이 불규칙적으로 불안해지는 건 필연적 결과다.

다시 처음 질문으로 돌아가 다시 묻는다면, 혼자 있을 때만 노래를 잘하는 가수는 진짜 노래를 잘하는 게 아니다. 연습할 때만 트리플 악셀을 잘하는 선수는 진짜 잘하는 선수가 아니다. 어차피 인생은 실전이다. 수많은 관중의 시선에 연연하지 않고 오로지 자기 내면으로 들어가 깊은 중심에 몰입할 수 있어야만 진짜 힘 있는 목소리가 나오지 않을까. 요가 매트 위에서 한 발로 균형을 잡는 일은 칭찬과 비난에 일희일비하며 휘청대는 나에게 꼭 필요한 훈련이었다.

'이번에도 못 할 거야'라는 이름의 길은 출입 금지 안내판으로 단단히 막고, '완벽하지 않아도 괜찮은' 나만의 길을 찾고 싶다. 그 길은 내면으로 깊이 들어가는 길목에서 시작될 것이다. 상상 속에서 완성된 동작의 이미지를 떠올리며 몸의 각 부분에 자신감 있는 에너지를 불어 넣어야겠다. 굳건한 다리, 단단한 코어, 활짝 편 가슴과 이완된 어깨, 그리고 정면을 응시하는 또렷한 시선…. 그렇게 오늘도 한 발로 우뚝 서는 연습을 한다.

진짜 소중한 것은
말하지 않겠어

템플 스테이를 하면서 묵언 수행을 한 적이 있다. 말을 하지 않고 하루를 보내는 일은 생각보다 쉬우면서 생각보다 힘들었다. 쉽기도 하고 어렵기도 한 느낌의 차이는 '말'이라는 것을 어떻게 정의하느냐에 따라 달라진다. 첫째로 '말'을 입 밖으로 내뱉어지는 언어라고 정의해보자. 말을 하지 않는 것은 생각보다 어렵지 않았다. 처음 만나는 사람들과도 금세 친해지며 대화를 나누는 사람들이라면 경우가 다르겠지만 나에게 낯선 상황에서 말을 하는 것보다는 하지 않는 편이 더 쉽게 느껴진다.

하지만 '말'을 '의미를 담은 대화 도구'로 정의한다면, 나는 도저히 말을 멈출 수 없는 수다쟁이였다. 겉으로는 묵언 수행을 흉내 내고 있었지만, 속으로는 엄청 시끄러웠다. 나는 나 자신과 마음속에서 끊임없이 수다를 이어가며 논쟁하고 있었다. 평소 사람들의 눈치를 보느라, 혹은 내 말로 인해 감정 상하는 사람이 생길까 봐 말을 속으로 삼키는 일이 많았던 만큼 입 밖으로 발화되지 못한 말들이 몸속 이곳저곳을 돌아다니며 출구 없는 출구를 찾고 있는 듯했다.

불교의 마음 챙김 명상(Mindfulness)은 일어나는 생각들의 의미를 따라가지 않고, 그저 하나의 대상으로 알아차리고 흘려보내는 수행법이다. 지금 이 순간 올라오는 생각을 마치 내 집에 온 손님처럼 대하는 것이다. 손님은 어차피 때가 되면 돌아갈 사람들이 아닌가. 내 마음속에 찾아온 시끄러운 수다들도 손님처럼 왔다 갈 뿐이라 여기며 명상을 시작했다.

잡념을 떨쳐내고 머리를 비우기 위해 집중했다. 얼마의 시간이 흐르자 마음속 시끄러운 목소리가 천천히 잦아들기 시작했다. 이번엔 처음보다 좀 더 길게 유지되었다. 시끄러운 생각들이 서서히 마음에서 물러나자 생각으로 가득 찼던 자리에 작은 공간이 생겨났다. 그 작은 공간을 계속 의식하면서 호흡에 집중하니 공간이 점점 넓어졌다. 넓어진 마음자리로 고요와 함께 세상을 다 가진 듯한 충만한 기쁨이 차올랐다. 비울수록 채워진다고 하더니, 뒤늦게 세상의 진리를 깨달은 것만 같았다.

다시 복잡한 일상으로 돌아와서는 묵언 수행은 꿈도 꾸지 못했다. 사람을 만나고 일을 해야 하는 도시의 삶에서 '말'은 피할 수 없는 소통 수단이기 때문이다. 그래서 나는 명상을 통해 마음으로 하는 묵언 수행을 하기 시작했다.

일상 속에서 마음의 묵언 수행을 하며 쓸데없는 생각들을 내려놓으니 달리 보이는 지점이 생겼다. 내면까지 고요해질 수 있는 진정한 침묵을 통해 타인도, 나도 배려하고 존중할 수 있는 방법을 찾았다. 내 마음속 목소리를 멈추면 상대가 하는 말을 더 잘 들을 수 있다. 상대의 마음에 더 공감할 수 있다. 잘 듣고 공감할 수 있으면 상대에게 상처를 주는 불필요한 말은 하지 않게 된다. 상대와 나 사이에 꼭 필요한 최고의 말들만 오고 갈 수 있다. 상대를 위해 꼭 해야 할 말이 있다면 상처가 아닌 치유의 말들을 선택한다. 대화가 기술이 아니라 예술이 된다면 바로 이런 상태가 아닐까.

제멋대로 올라오는 마음의 목소리에 끌려 따라가지 않기, 태어나서 말을 한 번도 배운 적 없는 아기처럼 그대로 머릿속을 리셋하기, 가끔은 정물의 마음을 생각해보기. 이렇게 하다 보면 잔잔한 침묵의 세계로 잠시 여행을 다녀올 수 있다.

때로는 말하지 않음으로써 전달되는 것이 있다. 진짜 소중한 것은 말로 표현되지 않을 때 더 아름답게 느껴질 때가 많다. 굳이 진부한 표현으로 설명하려다 오해가 쌓이고 불통이 될까 봐, 그래서 소중한 것의 의미가 퇴색해버릴까 봐 조심스러워진다. 깨지기 쉬운 유리잔을 다루듯 내가 느낀 감정을 섬세하게 전달하고 싶다. 진심을 전달하는 방법 중에 침묵보다 좋은 방법은 아직 찾지 못했다.

5부

오늘도 무사히

단단해졌다

도망치는 것은
부끄럽지만

별일 없이 잘 지내다가도 문득 숨어버리고 싶은 마음이 습관처럼 밀려온다. 시끄럽고 복잡한 세상사로부터 몇 걸음 비켜나 나만의 은신처에 조용히 머물고 싶은 마음이다. 사실 이런 마음이 들 때는 별일이 없는 게 아니다. 별일이 생긴 것이다. 무언가가 불편하고 싫어진 것이다. 그럴 때 난 세상으로부터 멀리 도망치는 방법 외에 적당한 해결책을 찾지 못하곤 했다.

'별일'은 대개 사람과의 관계에서 생겨난다. 그러니 무언가 불편하고 싫어졌다면 그 대상 역시 사람일 확률이 높다. 나에게 세상은 곧 사람이고, 세상으로부터 도망치고 싶다는 생각은 곧 불편하고 싫은 사람을 피하고 싶은 간절함이다. 숨통을 조여 오는 사람으로부터 멀리 벗어나고 싶은 생존의 마음이다.

숨통을 조여 오는 사람은 대개 이런 부류들이다. 자기 마음대로 나를 조종하려는 사람, 자신이 가진 지위를 활용해 막무가내로 월권을 행사하는 사람, 자신의 불안을 나에게 투사해 문제의 원인을 내 탓으로 돌리는 사람, 원칙 없이 이랬다저랬다 하는 사람, 불필요한 디테일에 집착해 자기만의 원칙을 강요하는 사람…. 이 모든 특징들이 한 사람에게 발견된다면, 게다가 그 사람이 팀을 대표하는 리더라면 상황은 심각해진다.

사회생활이나 개인적인 관계에서 이런 부류의 사람들을 만날 때면 가슴께가 답답해지며 소화가 안 되는 증상을 겪곤 했다. 이유 없이 심장이 벌렁거린 적도 있다. 무서움을 꾹 참고 버티다가 더는 버틸 수 없다는 생각이 들면 관계를 끊고 도망쳤다. 도망쳐서 꼭꼭 숨어버렸다. 나만의 방공호에 몸을 숨긴 후에야 비로소 안도의 한숨을 크게 내쉴 수 있었다.

도망치는 것은 단기적으로는 효과가 있지만 장기적으로 볼 때는 득보다 실이 많은 편이다. 마음은 편안해졌지만 실리는 별로 없었다. 어렵사리 들어간 학교나 모임을 포기하기도 하고, 커리어를 쌓을 기회를 놓치거나, 돈을 벌 수 있는 기회 또한 제 발로 차 버리는 꼴이 되곤 했다. 도망침과 동시에 앞으로 나아가던 모든 것이 다시 원점으로 돌아왔다. 아니, 원점이 아니라 퇴보하는 기분이 들었다. 그럴 때면 끝까지 버티지 못하고 도망쳐버린 자신이 너무도 한심하고 무능하게 느껴졌다. 이런 식으로 흘려보낸 시간들이 아까웠고 제자리걸음인 내 삶이 부끄럽고 초라했다. 자기 연민에 빠지기에 이보다 더 좋은 조건은 없었다.

높은 치사율의 바이러스나 좀비를 피해 방공호에 숨은 어느 영화 속 주인공을 떠올려본다. 잠깐은 안전하고 평화로울지 몰라도, 마실 물과 음식이 떨어지는 순간 방공호 안은 밖보다 무서운 공간이 된다. 내 마음의 방공호 또한 그랬다. 방공호 안에서 바이러스나 좀비가 모두 사라질 때까지 기다리다가 굶어 죽을 게 아니라면 살아남기 위해 제대로 된 방법이 필요했다. 안전한 곳이라고 착각했던 내 방공호 안에는 가난한 통장만 굴러다니고 있었다.

다르게 표현하면, 맹수를 피해 도망치다가 벼랑 끝에 다다른 꼴이었다. 이제 더 이상 도망치거나 회피하지 않고, 두 발로 버티면서 좀 더 현명한 해결책을 찾아봐야 할 때였다. 뒷걸음질 치다 절벽에서 떨어져 죽느니 달려드는 맹수와 호기롭게 한 판 싸우다 강렬히 전사하는 편이 덜 비겁할 테니까. 그것만이 내가 만든 방공호에서 빠져나와 제대로 된 삶을 살아낼 수 있는 유일한 방법이었다.

그렇게 다짐한 순간, 에너지가 조금씩 달라지기 시작했다. 전보다 적극적이면서 도전적인 태도가 자라났다. 굳이 공격적이거나 전투적이지 않아도 관계의 주도권을 내 쪽으로 가져오는 방법을 배울 수 있었다.

그 해답은 상대가 원하는 것과 내가 줄 수 있는 것 사이의 접점을 맞춰가는 데 있다. 상대가 원한다는 이유만으로 나에게 없는 것을 억지로 쥐어 짜내서 줄 필요도 없고, 내가 줄 수 있다고 해서 상대가 원하지 않는 것까지 줄 필요도 없다. 내가 갖고 있지 않은 걸 상대가 원할 때는 정중히 줄 수 없다고 말하기. 상대가 나에게 바라는 것이 부당하다 느껴질 때는 당당히 거절하기.

모든 것은 처음이 어렵지 한두 번 하다 보면 익숙해진다는데, 관계의 주도권을 내 쪽으로 가져오는 일은 아직도 쉽지 않다. 그렇기 때문에 매번 용기를 내야 한다. 때로 태도가 정중하거나 당당하지 못할 때도 있다. 참았던 화가 터져 나와 먼저 흥분하기도 하고, 정리되지 않은 말들이 버벅대며 터져 나오기도 한다. 그럴 때면 자리를 박차고 일어나 지구 끝까지 도망치고 싶지만 꾹 참고 버틴다. 도망처버리면 당장은 편할 것 같지만 도망친 자의 마음이 더 괴롭다는 것을 알기 때문이다. 도망처놓고 후회할 거라면 차라리 지금 여기에서 단판을 보는 편이 더 낫다.

운명의 장난인지 모르겠지만 도망치지 않겠다고 다짐한 이후로, 숨통을 조여 오는 부류의 사람들을 마주치는 일이 눈에 띄게 줄었다. 대단한 결의도 아니었는데, 작은 결심의 힘이 마치 모기향 같은 효과를 발휘한 모양이다. 피를 빨아먹으려 달려드는 모기들을 멀리 쫓아버렸으니 말이다. 모기가 사는 곳은 축축하고 음침하며 수질이 좋지 않은 곳이다. 깨끗하고 환한 환경에는 애초에 모기가 살 수 없다는 것을 명심하자. 하지만 방심은 금물이다. 모기향 따위에는 끄떡하지 않는 대왕 모기들은 어디든 있다.

물론 모기 입장에선 흡혈이 어쩔 수 없는 생존 수단이라는 것을 안다. 생존의 방식은 저마다 다르기 마련이니까. 그렇지만 남의 피를 빨아먹지도 않고도, 도망치지 않고도, 서로 손 맞잡고 함께 살아남는 방법이 있지 않을까. 그런 방법이 있다고 믿는다면 너무 순진한 생각일까. 유토피아에도 있을까 말까 한 이상적인 방법이나 찾고 앉았다가 또다시 대왕 모기에 물어뜯기려나.

그러나 때론 버티는 것보다 도망치는 것이 도움이 될 때도 있다. 〈도망치는 건 부끄럽지만 도움이 된다〉라는 제목의 일본 드라마도 있지 않은가. 어떨 때는 이것저것 잴 것 없이 무조건 빠르게 도망쳐야 하는 순간도 있는 법이다.

다만, 도망치다 만난 절벽 끝에서 급브레이크를 밟는 순발력이나 여유롭게 유턴할 수 있는 유연성 정도는 길러두는 게 좋겠다. 부끄럽지만 도망치든 싸워서 이기든, 어떻게든 끝까지 살아남고 싶으니까. 살아남는 것이 이기는 것이다.

살아남기 위한 도망은 두려움을 외면하는 도망과는 질적으로 다르다. 때를 기다려 더 멀리 나아가기 위한 전략적 웅크림, 더 높은 발돋움을 위한 자발적 후퇴. 그 어떤 전진보다 매력적인 도망의 시간이다.

아무래도 이건
내가 바라던
모습이 아니야

아침에 일어나 양치질을 하
다 거울을 본다. 부스스한 머리, 퉁퉁 부은 낯선 얼굴이
눈에 들어온다. 간단히 커피를 내려 마시다가 식탁에 묻
은 오래된 커피 자국을 발견한다. 마음은 당장 닦아내고
싶은데 귀찮음에 지배당한 몸은 손 하나 까딱하지 않는
다. 시간이 지날수록 얼룩이 점점 크게 느껴진다. 더 이
상 보지 않으려 시선을 다른 곳으로 돌리니 소파 위에 나

뒹구는 옷가지며 무질서하게 쌓여 있는 책들이 눈에 들어온다. 정리 안 된 공간을 보고 있으니 마음이 무거워진다. 당장 일어나 치우면 될 텐데 청소를 할 기운이 없다.

오늘은 그런 날이다. 나의 모든 것이 싫어지는 날. 두루뭉술한 외모는 말할 것도 없고, 생각하고 말하는 방식, 글을 쓰는 스타일, 과거를 회상하고 미래를 내다보는 관점, 주로 먹는 음식, 자주 입는 옷, 매일 똑같은 머리 모양, 시간을 기가 막히게 허비하는 습관 등등. 이건 싫증이라기보다는 혐오에 가까운데, 한번씩 자기혐오라는 방어할 수 없는 집중 포격을 받고 나면 흔들다리 위에서 강풍을 맞은 듯 휘청댄다.

미세먼지가 둥둥 떠다니는 흙빛 하늘 탓을 해보고 추적추적 내리는 비 때문이라며 한숨도 쉬어보다가 모두 핑계일 뿐임을 자각한다. 미세먼지나 비가 원인이라면 대한민국, 반경을 최대한 좁힌다고 하더라도 서울에 사는 사람 모두가 같은 날 동시에 자기혐오에 빠져야 할 테고 그로 인해 서울의 모든 직장과 카페, 버스와 지하철엔 자기혐오에 빠진 사람들로 넘쳐나야 할 것이다. 이런 일이 일어날 확률은 제로에 가깝다.

사실 이런 자기혐오의 발단은 짧은 문장 하나에서 시작되곤 한다.

'아무래도, 이건 내가 바라던 모습이 아니야.'

단어와 단어의 나열, 혹은 자음과 모음이 만들어낸 특정 길이의 조합이 어떤 의미를 만들어낸다는 것이 신기하다. 더욱 놀라운 것은 그렇게 만들어진 의미가 기분과 감정을 좌우하며 존재 자체를 흔들어버릴 만한 힘을 지니고 있다는 점이다.

오늘 해야 할 청소와 운동과 글쓰기를 미루고 의미 없이 하루를 보낸 뒤 잠들기 전 엉망진창인 방을 바라본다. '아무래도, 이건 내가 바라던 모습이 아니야.' 머릿속에서 여섯 마디의 문장이 입력되는 건 순식간이다.

지금이 내가 바라던 모습이 아니라면, 대체 내가 바라던 모습은 어떤 모습이란 말인가? 아침에 자고 일어나도 이슬만 먹고사는 사람처럼 맑고 깨끗한 얼굴이나, 시간을 분 단위로 짜서 해야 할 일을 척척 해내는 것이 내가 바라던 모습일까? 혹은 다이어트 식단과 규칙적인 운동이나 유능한 일 처리와 매일매일 성실한 글쓰기가 될 수도 있겠다. 감각적으로 꾸며진 집도 있으면 좋겠다. 그런데 이 모든 것이 현실에서 진짜 가능할까? 누군가의 인스타그램이나 티브이 속 말고 실제로도 가능한 걸까?

아마도 누군가는, 대한민국에서 최소한 한 명은 그런 사람이 있겠지. 그래, 있을 것이다. 내 주변에도 타고나길 이슬처럼 맑은 피부로 태어난 친구, 시간을 분 단위로 짜서 하루를 계획적으로 사는 선배, 다이어트 식단과 규칙적인 운동을 철저히 지키는 지인, 아침저녁으로 하루 두 편의 글을 쓰는 후배, 늘 집안 곳곳을 깨끗하게 청소하는 언니가 있으니까. 내가 본 그들은 제법 행복해 보였다.

이렇게 타인의 삶과 나를 비교하다 보면, 그들처럼 살지 못해서 지금 행복하지 않은 거라는 어리석은 판단을 해버리고 만다. 판단의 끝엔 늘 예의 여섯 마디의 문장이 이어진다.

그 문장 안엔 섣부른 기대가 숨겨져 있다. 자우림의 노래처럼 "지금이 아닌 언젠가, 여기가 아닌 어딘가"에 가닿을 수만 있다면 마치 내 삶이 마법처럼 빛날 수 있으리란 얄팍한 희망이다. 희망은 고문이 되기 쉽다.

그렇다고 섣불리 현재의 나를 사랑하려 노력하는 것

도 인위적이라는 생각이 든다. Love Yourself. 멋지고 아름다운 말이지만(게다가 나는 BTS를 좋아한다), 다년간의 연습 끝에 나는 나를 사랑하려는 노력을 멈추기로 했다. 나를 사랑하는 것은 노력으로 되는 게 아니란 걸 알았다. 나를 사랑하려던 시도가 좌절되면 그동안의 노력은 물거품처럼 느껴진다. 그럴 경우 내가 했던 노력의 크기만큼 더 깊은 절망에 빠지기 쉽다. 자기 자신을 사랑하는 일이 쉬운 사람도 있겠지만 누군가에게는 복잡한 수학 문제를 푸는 것만큼이나 어려운 일일 수도 있다. 자기 사랑 과목이 있다면 나는 사칙연산부터 차근차근 다시 배워야 할지도 모르겠다.

하지만 불쑥 떠올라 나를 잠식해버린 그 여섯 마디 문장은 언제든 다시 사라질 수 있다. 치솟았던 파도가 바닷속으로 사그라들듯, 여섯 마디 문장 또한 그것을 떠오르게 했던 뇌 속 미지의 공간으로 다시 돌아갈 수 있다. 딜리트 키를 누르면 지워지는 모니터 위 글자처럼 허공 속으로 사라질 수도 있다. 내가 그 문장에 의미 부여를 하지 않는다면 말이다. 말 그대로 그것들은 모음과 자음의 조합인 기표 덩어리에 불과하니까.

ㅇ ㅏ ㅁ ㅜ ㄹ ㅐ ㄷ ㅗ ㅇ ㅣ ㄱ ㅓ ㄴ ㄴ ㅐ ㄱ ㅏ ㅂ
ㅏ ㄹ ㅏ ㄴ ㅡ ㄴ ㅁ ㅗ ㅅ ㅡ ㅂ ㅇ ㅣ ㅇ ㅏ ㄴ ㅣ ㅇ ㅑ

이 정체 모를 기호들을 보고 자기혐오에 빠질 사람은
없지 않겠는가. 머릿속에서 칠판지우개 하나를 꺼내 기
호들을 하나씩 쓱쓱 지워본다. 이제 칠판엔 어떤 문장도
쓰여 있지 않다. 텅 비어 버렸다.

밤새 꿈을 꾼 날이면, 일어나자마자 스마트폰으로 해
몽을 검색하는 버릇이 있다. 어젯밤에는 태어나서 처음
으로 바다에서 수영하는 꿈을 꾸었다. 수영을 못하는 내
가, 그것도 바다에서 유유히 수영하는 꿈을 꾸다니….

검색해보니 모든 근심 걱정이 사라지고 평온이 찾아
올 꿈이란다. 아, 다행이다. 오늘도 머릿속에 지우개를
하나 달고, 소심하지만 씩씩하게 살아봐야지. '얼굴이 붓
고 할 일을 제대로 못 하고 집이 더러운' 삶은 내가 바라
던 모습은 분명 아니지만, 그렇다고 내가 생각한 최악의
모습도 아니다.

나를 쉽게 사랑하긴 힘들 것 같고, 여전히 지금 여기
보다 더 나은 곳을 기대하지만 다행인 것은 스스로 부족

하다고 느껴지는 상황을 통해 삶이 내게 건네는 숨겨진 의미를 깨닫고 성장할 수 있다는 사실이다. 바다를 유유히 헤엄치는 꿈이 상징적으로 말해주듯 언제든 세상이라는 바다에서 마음껏 꿈을 펼칠 수 있는 무한한 자유와 가능성이 나에게 있다.

●●●

나댐의
미학

)
)
)
)

엄마는 '유교걸'이었다. 풀이
하면, 전통적 가치를 중시하는 보수적인 여자. 엄밀히 말
하면 엄마의 엄마, 그러니까 '유교걸'의 진정한 조상님은
나의 외할머니였다.

불교 신자였던 친할머니와 달리 유교를 믿는 외할머
니는 어쩐지 낯설게 느껴졌다. 친할머니와 함께 살았던
것도 이유가 되겠지만 '유교'라는 단어가 주는 묘한 거부

감 때문이었다. '안동 권씨'였던 외할머니의 집안은 대대로 유교를 믿는 가문이었다. 어린 내가 불교나 유교가 뭔지 제대로 알 수 있었겠느냐마는 어쩐지 유교는 딱딱하고 엄격하며 재미없는 교과서처럼 느껴졌다. 당시 초등학교 교사였던 외할머니의 당당함과 올곧음이 그런 이미지를 더해주었는지도 모르겠다. 할머니는 언제나 허리를 꼿꼿이 세우고 다니셨다.

그런 외할머니에게 가정 교육을 받고 자라 어른이 된 엄마는 내가 아는 다른 엄마들에 비해 보수적이었다. 어딜 가나 얌전하고 정숙하게 앉아 있어야 한다, 어른들 말씀을 잘 들어야 한다, 잘난 척하며 자신을 과시하기보다는 늘 겸손하게 자기를 낮춰야 한다···는 잔소리를 빙자한 가르침을 수시로 듣고 자랐다. 스무 살을 훌쩍 넘긴 후에도 찢어진 청바지를 입거나 귀를 뚫고 머리를 노랗게 염색하는 것 모두 금지 사항이었다. 술을 진탕 마시고 외박을 한다거나 일부러 머리를 더 노랗게 염색하고 찢어진 청바지를 사 입는 등 나름대로 반항 아닌 반항을 하기도 했지만, 나는 늘 엄마의 의지에 항복하고 말았다.

지금이야 독립해서 내 맘대로 살고 있고 엄마도 과거에

비하면 엄청 자유로운 신여성이 되셨지만 여전히 내 마음에 지워지지 않는 지문처럼 남아 있는 족쇄 하나가 있다.

"혜영아, 늘 너 자신을 낮추렴. 과시하지 말고, 겸손하게 행동해야 해."

사실 이 말은 모든 옛 성현들의 말씀이자 진리에 가깝다. 벼는 익을수록 고개를 숙인다는 속담도 같은 맥락에서 나왔을 테다. 나도 내가 성숙한 어른이 되어 과시와 자랑보다는 겸손과 겸양을 실천하면 살 수 있는 사람이면 좋겠다.

하지만 그런 생각은 숭고한 이상일뿐, 겸손과 겸양을 어설프게 흉내 내다간 자존감이 바닥이 되는 경험을 하고 만다. 엄마에게 배운 대로 겸손하게 행동했더니 세상은 나를 없는 사람 취급했다. 물론 겸손한 모습을 좋게 봐주는 사람들도 있었지만 치열하게 삶을 살아내야 하는 정글 같은 사회에서 겸손으로 내가 얻을 수 있는 것은 많지 않았다.

누군가 나를 알아줄 때까지 가만히 앉아 있는 시대는 지나고, 자기 피아르의 시대가 됐다. 그러나 나는 굳이 내 입으로 나의 능력을 말하지 않아도 사람들이 먼저 알아봐 주길 기대했다. 제아무리 절세미인이거나 세기의 천재일지라도 방구석에만 있으면 누가 알아주겠나. '나는 이런 사람이고, 이런 강점이 있고, 이런 일을 하는 사람입니다'라는 어필은 심지어 자랑도 아니다. 수많은 사람들 사이에서 나라는 사람의 정체성을 보여주는 하나의 명함과 같은 것일 뿐.

그런데 여태 나는 사소한 자기소개조차 자랑이라고 생각하며 살아왔다. 그러니 상대적으로 자기를 잘 드러내는 사람을 마치 사기꾼이라도 되는 양 색안경을 쓰고 바라볼 수밖에…. 이쯤 되면 제대로 된 홍보를 하지 않았음에도 프리랜서로서 그냥저냥 먹고살 수 있었다는 것에 감사해야 하는 건가.

'유교걸'인 엄마를 핑계로 이야기를 시작했지만 어쩌면 내가 겸손의 의미를 잘못 이해하고 있었는지도 모르겠다. 건강한 자기표현을 자랑으로 오해하고, 존재감을 내세우지 않으며 마냥 양보하는 것을 겸손이라 착각했다.

한편으로는 나름대로 잘살면 됐지, 굳이 내가 무슨 일을 하고 어떻게 일하는지 사람들에게 알려야 할 필요가 있을까? 하는 생각을 하기도 했다. 물론 홍보는 선택의

영역이다. 하지만 가수가 새로운 음반을 발표하고 배우가 새 영화를 개봉하는 데는 반드시 홍보가 필요하듯이 이때의 홍보가 결코 자기 과시는 아니다. 그동안의 노력과 자신이 창조해낸 가치를 세상에 알리는 행위, 그로 인해 세상과 관계를 맺는 방식이 바로 홍보가 아닐까.

자기 피아르나 홍보를 은근히 터부시했던 이유는 그 속에 상업적으로 이득을 취하겠다는 숨은 의도가 있다고 생각했기 때문이다. 그러나 자본주의 사회에서 자신의 능력을 어필해서 돈을 벌고자 하는 의도를 과연 나쁘다고 할 수 있을까. 그동안 내 마음 한구석엔 돈을 바라는 의도를 노골적으로 드러내는 건 옳지 않다는 생각이 깔려 있었다. 돈을 좋아하면서 겉으론 좋아하지 않는 척하는 이중적인 태도로 살아왔다. 하지만 나처럼 평범한 사람이 '나 자신'을 세상에 내놓아 돈을 벌고 싶다면 어떻게든 자신을 알리는 수밖에 도리가 없다. 그렇다. 한마디로 나대야 한다.

'나대다'라는 단어를 사전에서 찾아보면 '깝신거리고 나다니다, 얌전히 있지 못하고 철없이 촐랑거리다'라는 뜻을 담고 있다. '깝신거리다'라는 단어의 어감이 낯설어

다시 사전을 찾아보니 '고개나 몸을 방정맞게 자꾸 숙이다'라는 의미를 뜻한다. 어쨌거나 다 부정적인 뉘앙스다.

이제는 '나대다'의 의미를 재해석할 때가 된 것 같다. 내가 새로 정의한 '나대다'의 의미는 아래와 같다.

나대다 [나대다]

동사

1. 당당하게 자신에 대해 이야기하다.
2. 얌전함을 거부하고, 자신을 찾아주는 곳이라면 어디든 나다니다.
3. 성숙하게 자기를 표현하며, 자기 존중감이 높다.

'나대다'라는 단어에 새로운 의미가 하나씩 덧붙여져 갈 때, 나처럼 수줍음 많고 낯가림 심한 사람들에게도 자유가 열리지 않을까.

〈씨네21〉 이다혜 기자는 '프리랜서로 일할 때 주의할 열 가지'에 대해 말한 적 있다. 이다혜 기자가 강조한 첫 번째는 바로 '나대기'였다. 매사 쑥스럽고, 낯가림이 심해 나댈 수 없다면 세상은 당신의 존재를 알지 못할 거라는 말이 마치 나에게 하는 말처럼 들린다.

"쟤 왜 저렇게 나대?", "나대지 좀 마"라는 식의 말들은 지금껏 아무렇지 않게 '나대는' 사람들을 찔러왔다. 특히나 나대는 여성들에 대한 평가는 더 가혹했던 게 현실이다. 과거에는 "암탉이 울면 집안이 망한다"라는 속담으로 여성들의 입을 막았다. 또, 1920년대 전근대적인 여성 인식에서 벗어나 자유로운 이성 교제를 즐기는 신여성이 등장했을 때는 문란하며 방종한 집단이라는 프레임을 씌워 억압하려고 했다.

어른이 되어 엄마의 삶에 대해 다시 생각해보니, 엄마도 '유교걸'이었던 외할머니 때문에 젊은 날이 답답하고 힘들었을 것 같다. 이제야 조금씩 엄마의 인생이 보이기 시작한다. 70세가 된 엄마는 이제야 그림도 배우고 전시회도 열며 신나게 살고 계신다. 내 눈에 다 거기서 거기로 보이는 알록달록한 가방을 자꾸만 사들이는 요즘의 엄마가 보기 좋다. 평생을 유교걸로 살아온 엄마는 이제야 억눌러왔던 욕망을 꺼내는 중이다.

요즘의 엄마는 나에게 당당하고 멋지게 살아가라며 잔소리가 아닌 진정한 가르침을 준다. 돌이켜 생각해보니, 다소 유교적이었던 잔소리도 나를 지지하고 응원하기 위한 엄마의 메시지였다. 소중한 것은 늘 뒤늦게 깨닫게 된다더니 잔소리 뒤에 숨겨진 엄마의 진심을 이제야 깨달았다.

이제부터 나도 한번 나대며 살아봐야겠다. 당당하게 나에 대해 이야기하고, 넘치는 자존감으로 성숙하게 자신을 표현하겠다. 혹여나 자랑을 떠벌리거나 과시하게 되더라도 뭐 어떤가. 다른 이의 자랑에도 손바닥 불나게 박수를 쳐줄 수 있다면, 그렇게 서로 자랑을 주고받는 사이가 된다면 그것도 멋지지 않은가. 흥에 겨워 나도 모르게 엉덩이를 들썩거리며 촐랑촐랑 나다니게 되더라도 멈추지 말아야지.

우리, 이것저것 눈치 보지 말고 마음껏 나대보자. 나댐에도 분명 미학은 있다.

새로운
해시태그

국립현대미술관 서울에서 열린 '마르셀 뒤샹' 전을 본 적이 있다. 뒤샹의 많은 작품들이 전시되어 있었지만 내 시선은 오직 〈샘(Fountain)〉을 향했다. 뒤샹의 대표작이기도 한 〈샘(Fountain)〉은 남성용 변기를 90도 각도로 뉘어 전시 좌대 위에 올려놓은 작품이다. 회화도, 조각도, 설치미술도 아닌 이것을 과연 작품이라 할 수 있을까? 공장에서 생산된, 그것도 화장실에

나 있어야 할 소변기를 말이다. 뒤샹은 구입한 소변기에 제조업자의 이름(R.MUTT)을 서명하여 전시회에 출품했다고 한다.

사진으로만 보았던 작품을 실제로 보니 신선했다. 뒤샹은 세상을 떠나고 없지만 그의 정신과 한 시공간에 있는 느낌이었다. 뒤샹이 한 일이라곤 소변기를 사들여 제조업자의 서명을 하고 전시장 좌대에 올려놓은 것이 전부다. 하지만 정말 그게 전부였을까? 그렇다고 한다면 흔해 빠진 소변기를 아무도 작품이라 여기지 않았을 것이다. (당시 이 작품이 전시회에 출품되면서 '이것이 과연 예술인가'에 대해 대중적 논의가 촉발됐다고 한다.)

소변기가 예술 작품으로 거듭날 수 있었던 이유는 예술가의 '시선'과 '명명'이 아니었을까 생각한다. 뒤샹은 아무도 관심 두지 않는 소변기를 다른 시각에서 색다른 시선으로 바라보면서 소변기를 '소변기'라는 구태의연한 이름에서 해방시켰다. 이름을 뗀 소변기는 더 이상 소변기가 아니다. 사회에서 정의한 이름을 떼고 바라보면 대상의 기능과 역할은 사라지고 형태만 남는다. 눈앞의 대상을 고정관념 없이 있는 그대로 관찰하게 된다. 마치 태어나서 처음 보는 것처럼, 낯설게 바라보는 것이다.

관심을 두어 낯설게 바라본다는 것은 애정이 있기에 가능한 일이다. 사람들은 애정을 품은 대상에게 자기만이 부를 수 있는 새로운 이름을 부여하고 싶어 한다. 사랑하는 사람과 애칭을 주고받는 것도 이와 같은 이치다. 뒤샹은 그 낯선 대상에 '샘(Fountain)'이라는 예쁜 이름을 붙여주었다. "내가 그의 이름을 불러주었을 때 그는 나에게로 와서 꽃이 되었다"는 김춘수 시인의 말처럼, 뒤샹이 소변기를 '샘'이라 불러주었을 때 비로소 소변기가 예술 작품으로 거듭난 게 아닐까.

살다 보면 자신을 화장실의 소변기만큼이나 하찮게 여기게 되는 순간이 있다. 사람들이 투척한 오물에 뒤덮인 채 고유의 향기를 잃은 것 같은 날이면 나 자신이 너무도 보잘것없이 느껴졌다. 그러다 어디선가 우연히 보았던 뒤샹의 '샘'이 떠올랐다. 하찮고 더럽게 여기는 소변기조차도 어떻게 바라보느냐에 따라 예술 작품이 될 수 있는 것처럼, 나도 작품으로 거듭날 수 있지 않을까?

낯설게 본다는 것은 흔해빠진 것에서 새로움을 발견하는 시선을 갖는 것이자, 보잘것없는 것에서 특별함을 찾아내는 능력이다. 수십 년을 함께 해온 나를 낯설게 바라보고 싶어졌다. 나를 낯설게 보려면 어떻게 해야 할까?

먼저, 과거의 좋지 않은 기억이 덕지덕지 붙인 해시태그부터 떼어내기로 했다. 그러고 나니 현재의 나는 '아무것도' 아니었다. 마치 텅 빈 백지와 같았다. 관심과 애정을 갖고 나를 낯설게 바라보니 나에게도 빛나는 부분이 있다는 걸 알게 됐다. 사실 우리가 단점이라고 생각하는 자신의 모자란 부분도 관점을 달리해 낯설게 바라보면 굉장한 장점이 될 수 있다.

낯을 가리는 성격이 단점일 수 있지만, 낯을 가리기 때문에 신중하고 진중하게 상대방을 파악하고 이해할 수 있다. 소심한 성격은 때로 세심하고 꼼꼼한 장점이 되기도 한다. 오지랖이 넓은 것은 다른 사람들을 돕고 싶은 넉넉한 마음이며, 목소리가 크고 시끄러운 것은 자기 안에 열정이 많다는 뜻이기도 하다. 게으르다고 여겼던 것이 실은 여유롭고 느긋한 것일 수도 있다. 사람에겐 자신만의 속도가 있는 법이니까. 자전거를 타고 가면서 기차에 탄 사람보다 느리다고 자책하는 게 옳지 않은 것처럼 말이다.

국립발레단 예술 감독인 강수진 발레리나는 부끄러움 많고 소극적인 자신의 성격을 약점이라고 생각한 적이 없다고 한다. 외향적이고 적극적인 사람들이 눈에 띄는 건 사실이지만 내향적이고 소극적인 사람들은 타인을 배려하고 신중하게 생각하기 때문에 실수할 가능성이 적다고 그녀는 덧붙였다.

소극적이고 부끄러움 많은 성격을 치명적인 단점으로 여기며 살아온 나는 그녀의 이야기에 위로받는다. 어쩌면 결국은 단어의 문제인지도 모르겠다. '소심하다'라는 해시태그를 붙일 것인지, '세심하다'라는 해시태그를 붙일 것인지… 역시나 답은 자신을 어떤 시선으로 바라보냐에 달려 있다. 나에게 어떤 해시태그를 붙이느냐에 따라 똑같은 모습인데도 못나 보이기도 하고 빛나 보이기도 한다.

설사 자신의 단점을 도저히 낯설게 볼 수 없다 하더라도 방법은 있다. 소설 『반짝반짝 안경』에서 자신은 너무 신중해 겁부터 먹는 사람이라 말하는 아케미에게 그를 좋아하는 아카네는 이렇게 말한다.

"사람은 장점으로 존경받고 단점으로 사랑받는다고

하잖아? 단점이라고 생각하는 부분이 사랑받을 이유가
될 수도 있어."

때로 누군가는 나의 모자라고 못난 모습 때문에 나를
사랑하기도 한다. 내가 좋아하는 친구 중에 공상을 잘하
는 친구가 있다. 남들은 중요한 순간에도 공상에만 빠져
있는 그를 두고 현실성이 없다며 답답해하기도 하지만,
나는 공상에 빠진 그의 머릿속에서 누구도 상상하지 못
할 재미있는 이야기가 만들어지고 있음을 안다. 그리고
바로 그 점 때문에 나는 그를 좋아한다. 그 친구의 단점
이라고도 할 수 있는 공상은 그야말로 남다른 창의성이
나오는 세계이자 그만의 천재성이기 때문이다.

살다 보면 꼬리표처럼 붙은 단점이라는 해시태그가
무겁고 밉게 느껴지는 때가 올 것이다. 그렇더라도 예전
처럼 괴로워하지는 않을 작정이다. 그 감정은 자신을 바
라보는 진부한 시선에서 벗어나라는 신호임을 알기 때
문이다. 홀홀 털고 다시 나를 낯선 시선으로 바라보면 된
다. 나를 다시 태어나게 하는 새로운 해시태그를 붙이면
된다.

어쩌면 그동안 나에게 틀에 박힌 이름표를 붙인 것은

사회가 아니라 바로 나 자신이었는지도 모른다. 이제는 '조혜영'이라는 이름에 스스로 붙였던 진부하고 부정적인 해시태그를 떼어내고 나 자신을 새로운 시각으로 바라보고 싶다. 흔한 소변기가 '샘'이라는 이름을 부여받은 뒤 예술 작품으로 새롭게 태어난 것처럼, 누구나 자기 자신을 특별하게 만들 해시태그를 가질 자격이 있으니까. 세상에 하나뿐인 예술품으로 다시 태어난 나는 어떤 모습일까?

식물을
키우는 마음

한 달 전쯤 꽃집에 들렀다가
잉글리시 라벤더와 핑크 안개꽃 화분을 샀다. 채도가 낮
은 은은한 초록 잎 사이로 연보라의 라벤더꽃이 수줍게
고개를 내밀고 있었다. 분홍색 물감을 콕콕 찍어놓은 것
같은 안개꽃도 색깔과 모양이 작은 대로 완벽했다. 화려
하고 보기 좋은 꽃다발도 좋지만 화분에 담긴 꽃을 사는
일은 건조한 일상에 생기를 준다. 한 공간에서 초록의 식

물들과 함께 숨 쉬는 일은 꽤 기분 좋은 일이다. 내가 한 뼘은 더 건강해지는 느낌이다.

문제는 그 생기가 오래가지 않는다는 것이다. 그것은 꽃의 실수도, 화분의 책임도 아니다. 전적으로 나의 잘못이다. 그로부터 한 달이 지난 지금 잉글리시 라벤더와 핑크 안개꽃은 베란다에서 안타깝게 시들어가고 있다. 메말라가고 있다. 방치한 것은 절대 아니다.

화분을 집으로 데려오던 날, 꽃집 사장님께 물 주는 주기에 대해 물었다.

"이 녀석들은 물을 많이 먹어요. 거의 매일 주셔야 해요."

사장님은 '매일'이 아니라 '거의 매일'이라고 말했고 나는 '거의 매일' 화분에 물을 주었다, 고 기억한다. 꽃집 사장님과 내가 생각하는 '거의 매일'이 달랐던 걸까. 그럴 거면 그냥 좀 더 정확히 말해주지. 이틀에 한 번, 혹은 사흘에 한 번 물을 주라고. 그랬다면 지금쯤 화분의 꽃들도 생기 있게 자라고 있지 않았을까. 안타까운 마음에 괜히 꽃집 사장님만 탓하는 중이다.

늘 그랬다. 제때 물을 주고 영양제까지 놓아주어도 꽃

들은 시들어갔다. 베란다 한 귀퉁이에는 한때 생기를 품었으나 이제는 폐허가 돼버린 낡은 화분들이 용도를 잃은 채 처참히 쌓여 있다. 묘비석처럼 세워진 화분 아래 죽은 꽃들이 잠들어 있으니, 베란다는 꽃들의 무덤이나 다름없었다. 할 수만 있다면 식물을 붙잡고 죽는 이유를 캐묻고 싶은 심정이었다.

오늘 아침엔 베란다를 멍하니 바라보다가 화들짝 놀라고 말았다. 내 안의 잔인성과 마주해버린 것이다. 시들어가는 꽃들을 바라보며 마음의 소리가 이렇게 말하고 있었다.

'이제 어쩔 수 없어. 저렇게 시들어가다 결국은 죽고 말겠지. 흙이랑 화분을 또 버려야겠군.'

하지만 처음의 생기를 잃었을 뿐 화분 속 꽃은 아직 자신의 색을 띠고 있었다. 어떻게든 살려볼 생각은 하지 않고 죽기도 전에 제사를 지내고 있었던 거다. 나의 무심함과 귀찮음이 빨리 포기하는 특성과 만나 꽃들을 죽이고 있었던 것임을 자각했다. 순간 이 녀석들은 물을 많이 먹는다던 꽃집 사장님의 목소리가 환청처럼 들려왔다.

사장님은 꽃을 가리켜 '이 녀석들'이라고 지칭했다.

마치 오래된 친구를 부르듯이 말이다. 나는 꽃들을 친근하게 언급하거나 호명한 적이 없다. 그들은 그저 내게 아름다운 색과 형태를 보여주면서 나를 즐겁게 해주는 대상이었을 뿐이다. 그 색과 형태를 만들어내기 위해 그들이 얼마나 애쓰고 있는지, 그들에게 무엇이 필요한지 관심을 두지 않았다. 이따금씩 물을 주고 있다는 것만으로 내 몫을 다하고 있다고만 생각했다.

연쇄 '살식마'인 나는 화초를 잘 돌보는 사람을 보면 절로 존경심이 든다. 내가 10년 전에 선물했던 식물을 여전히 잘 키우고 있는 친구에게 그 비결을 물은 적이 있다. 친구는 무심한 얼굴로 이렇게 대답했다.

"비결 같은 건 없어. 그냥 꾸준히 물을 주고, 한 번씩 들여다보면서 식물이 거기 있다는 걸 잊지 않을 뿐이야."

처음엔 그 말의 깊은 뜻을 이해하지 못했다. 하지만 지금은 안다. 식물이 거기 있다는 사실을 잊지 않는 그 자체가 바로 비결이라는 것을 말이다. 무언가를 향한 꾸준한 관심과 사랑, 그것을 넘어서는 어떤 마음 같은 거라는 걸. 생각해보니 내 마음이 외부 자극에 민감하게 반응하여 뾰족하고 예민해질 때는 한 공간을 공유하고 있는 식물들에도 안 좋은 에너지가 전달되는 듯하다. 그래서 아무리 화분에 물을 주고 영양제를 꽂아도 그렇게 시들시들 말라갔나 보다.

글을 쓰는 일은 내가 만난 세계를 백지 위로 불러오는 일이다. 우연히 들렀던 꽃집의 화분을 베란다로 데리고 오듯이. 어찌 글을 쓰는 일뿐이겠는가. 사람이 하는 모든 일은 어쩌면 무언가를 지금 여기로 불러오는 일이다.

작가는 문장과 의미를 지금 여기로 불러오고, 화가는 빛과 형태를 불러오고, 음악가는 멜로디와 리듬을 불러온다. 요리할 때는 최고의 맛을 지금 여기로 불러오고, 친구를 만날 때는 친근한 감정과 서로의 이야기를 불러온다. 회의할 때는 멋진 아이디어와 합일된 느낌을 지금 여기로 불러온다.

물론 어리석고 욕심 많은 우리는 좋은 것을 불러올 때보다 좋지 못한 것을 불러올 때가 많다. 그래서 식물들은 죽어가고, 글은 엉망이 되고, 모처럼 만든 음식 맛은 끔찍해진다. 나와 다른 친구의 견해에 공감하지 못하며, 회의 시간엔 지루하게 낙서를 하고 있거나 서로를 향한 은근한 무시와 비방이 보이지 않는 화살처럼 오간다.

무언가를 지금 여기로 불러오는 일은 결국 마음이 하는 일이다. 나는 화분을 사서 손으로 들고 왔을 뿐, 마음에 들이진 않고 있었다.

식물을 돌보는 일은 결국 나를 돌보는 것과 다름없다. 정해진 시간에 물을 주고 볕을 쬐게 돕는 일은 나의 생활을 꾸려나가는 일과 닮았다. 식물에 물을 주면서 나도 식사를 챙기고, 볕을 쬐고 싱그럽게 차오른 이파리를 구경하다가 슬쩍 산책길에 오르기도 한다. 조용하고 선명하게 자라나는 식물은 느리지만 꾸준히 성장 중인 내 삶에 위로의 메시지를 전달한다. 어쩐지 좋은 식구가 생긴 기분이다.

오늘은 나의 베란다로 불러온 '그 녀석들'에게 물 대신 마음을 줘야겠다. 그동안 마음을 주지 못해 미안하다는 말도 전해야겠다. 내친김에 '그 녀석들' 말고 이름도 붙여 줘 볼까.

아무쪼록 그 녀석들이 제빛을 맘껏 발산하며 무럭무럭 잘 자라주었으면 좋겠다. 나와 같은 공간에서 숨 쉬는 그 녀석들이 잘 자란다면 분명 나도 잘 자랄 것이다.

인생의
라스트 씬

어슴푸레 해가 내려앉는 저녁 무렵이면 가슴 한편에 커다란 구멍이 뚫린 것 같은 기분이 들 때가 있다. 바쁘게 움직일 때는 인식하지 못하다가 모든 것이 제자리를 찾은 듯 평화로워질 때, 베란다 창문으로 스며드는 저녁 공기에 그만 코끝이 시큰해지고 만다.

평소보다 큰 행복을 느낄 때면 기쁨이나 즐거움보다

는 잔잔한 슬픔의 감정이 먼저 떠오르곤 한다. 가슴 아픈 고통의 슬픔은 아니다. 충만한 슬픔, 희열의 슬픔, 감사의 슬픔이랄까. 그것은 흡사 죽음의 순간을 떠올리게 한다. 주어진 시간을 온전히 살아낸 자가 마지막 순간에 느끼는 행복, 쥐었던 모든 것을 내려놓고 무한한 우주 속으로 스며들어 가는 충만함이다.

언제부터인지 기억나진 않지만 오랜 시간 죽음을 두려워하며 살아왔다. '나'라는 존재가 이 세상에서 완전히 사라진다고 생각하면 공포감이 밀려왔다. 아니 애초에 태어난 것 그 자체가 기이하게 느껴지기도 했다. 어두운 우주에 둥둥 떠서 회전하고 있는 지구도 이상하고, 지구라는 공간에 불쑥 생명으로 태어나 당연한 듯이 살아가고 있다는 사실이 마치 꿈처럼 느껴진다. 잠에서 깨고 나면 환영처럼 사라져 버릴 하룻밤 꿈. 그러니 나는 죽음을 두려워하는 게 아니라 삶 자체를, 내가 여기 존재하고 있다는 기묘한 느낌을 두려워하고 있는지도 모른다.

어느 날인가, 사람 많은 지하철에서 문득 '죽음'이라는 단어가 떠올랐다. 손잡이를 잡은 채 서 있는 사람들, 자리에 앉아 핸드폰을 보는 사람들, 일행과 대화를 나누며 웃고 있는 사람들의 모습이 눈앞에서 흐려졌다. 도착할 역을 알리는 안내 음성, 열차가 움직일 때마다 들리는 소음들 또한 서서히 작아졌다. 순간, 지하철 바닥에서 내 몸이 한 뼘 정도 위로 붕 떠오르는 느낌이 들었다. 이렇게 사람이 많은데도 불구하고, 어쩐지 낯선 동네에서 길을 잃은 미아가 된 것처럼 외로워졌다. 외로움이라는 단어로는 설명할 수 없을 만큼 끔찍한 고독이 밀려왔다. 죽는다는 건 이런 느낌일까?

학교를 다니고 사회생활을 하면서도 불쑥 죽음에 대한 생각이 떠오를 때면 모든 것이 공허하게만 느껴졌다. 목표를 향해 노력하다가도 조금만 힘들어지면 '어차피 죽을 텐데, 다 의미 없어'라는 허무감이 찾아와 한 발짝도 나아가지 못하게 만들었다.

죽음에 대한 두려움을 넘어서 보기 위해 선택한 것은 불교 공부였다. 붓다의 가르침 안에 생(生)과 사(死)를 뛰어넘는 진리가 있다는데, 그것을 깨닫는다면 죽음의 공포로부터 벗어날 수 있지 않을까 싶어서였다. 불교에서는 삶과 죽음은 결국 하나이기 때문에 삶도 죽음도 없는 거라고 말하지만 나는 그 뜻을 완전히 이해하지 못했다.

그러던 어느 날, 다큐멘터리 취재 차 축서사 무여 스님을 뵙게 되었다. 평생 참선 수행에만 매진하며 살아온 스님에게 이루고 싶은 꿈이 있으신지 물었다. 잠깐의 침묵 끝에 스님은 의외의 대답을 꺼냈다.

"나는 늘 내 인생의 라스트 씬을 꿈꿔요."

인생의 라스트 씬? 한 번도 생각해본 적 없는 말이었다. 스님의 말씀은 계속 이어졌다.

"내 인생의 라스트 씬은 가부좌를 틀고 참선을 하다가 마지막 숨을 내뱉을 때, 앉아 있던 자세 그대로 고개를 툭 떨구는 거예요."

스님은 그 모습을 행동으로 묘사했다. 가부좌를 틀고 앉아 꼿꼿하게 세워진 척추 그대로 목에만 힘이 빠진 채 아래로 떨구어지는 모습이었다. 마치 스님의 라스트 씬을 실제로 직접 보고 있는 듯한 착각이 들었다.

죽음의 순간, 일체의 흐트러짐 없이 살아 있을 때와 똑같은 모습으로 세상을 뜰 수 있다는 것은 그 사람이 평생 동안 살아온 모습을 그대로 보여준다. 매 순간을 어지럽게 살아온 사람이 죽는 순간 갑자기 평화로워질 수는 없듯이, 모든 순간을 참선하듯 살아온 스님에게는 마지막 순간이라고 해서 다를 게 없다는 말이다.

취재가 끝난 뒤 곰곰이 생각해보니 영화나 드라마, 소설 등에서 다른 이의 라스트 씬을 여러 번 봐왔다는 것을 깨달았다.

그 가운데 실존 인물의 죽음을 다룬 다큐멘터리 영화 〈인생 후르츠〉의 한 장면이 생각났다. 〈인생 후르츠〉에 나오는 츠바타 슈이치 할아버지의 죽음은 내게 무척 인상적이었다. 늘 평소와 같이 제초 작업을 끝내고 낮잠을 주무시던 90세의 할아버지는 그 모습 그대로 평온하게 세상을 떠났다. 카메라는 잠을 자듯 누워 있는 할아버지의 얼굴을 한참 동안 보여주었다. 시신을 보고 있음에도 소름이 끼치거나 무섭지 않았다. 츠바타 슈이치 할아버지의 라스트 씬은 두려움이 아니라 평온함 그 자체였다.

헤르만 헤세의 소설 『크눌프』에는 이런 구절이 나온다. 평생 시민의 의무를 다하지 않은 채 어떤 구속도 없이 자유롭게 방랑하며 살아온 크눌프가 마지막 죽음의 순간에 하느님을 만나는 장면이다. 인생에서 아무것도 깨닫지 못하고 훌륭한 인간도 되지 못했다며 한탄하는 크눌프에게 하느님은 말한다.

"난 오직 네 모습 그대로의 널 필요로 했었다. 나를 대신하여 넌 방랑하였고, 안주하여 사는 자들에게 늘 자유에 대한 그리움을 조금씩 일깨워주어야만 했다. 나를 대신하여 너는 어리석은 일을 하였고 조롱받았다. 네가 어떤 것을 누리든, 어떤 일로 고통받든 내가 항상 너와 함께 했었다. 이제 더 한탄할 게 없느냐? 그럼 모든 게 좋으냐? 모든 것이 제대로 되었느냐?"

그렇게 크눌프는 고개를 끄덕이며 빛나는 태양 속에서 잠을 자듯 인생의 라스트 씬을 맞이한다. 이 부분을 읽으면서 나도 모르게 눈물이 흘렀다. 마음 깊은 곳에 갖고 있던 훌륭한 인간이 되지 못했다는 죄책감과 시간을 어리석게 보냈다는 아쉬움을 모두 이해받은 것만 같은 기분이 들었기 때문이다.

내가 죽음을 떠올리며 두려움과 허무감을 느꼈던 것은, 어쩌면 제대로 살지 못하는 스스로를 변명하기 위한 핑계였는지도 모르겠다. 영화 〈파니 핑크〉에서 아무도 자신을 사랑하지 않는다고 여기는 주인공 파니 핑크는 죽음의 과정을 연습하는 강좌를 들으며 자신의 관을 짜서 방에 둔다. 하지만 사랑하는 사람을 만나게 되자 그 관을 창밖으로 내던져 버린다. 마음껏 사랑하며 삶에 최선을 다하고 있을 때 죽음은 끼어들 자리가 없다.

언젠가 죽는다는 것은 바꿀 수 없는 기본값이다. 대단한 성자들도 죽음을 피할 수 없었는데 나라고 별수 있겠는가. 죽음이 나에게만 예외일 리 없고, 또 죽지 않고 영원히 사는 것 또한 그리 유쾌한 일은 아닌 것 같다. 그러니 쓸데없이 죽음을 걱정하며 시간을 낭비할 필요가 없다. 메멘토 모리(Memento mori, 너는 반드시 죽는다는 것을 기억하라)라는 말이 말해주듯, 죽음을 '걱정하는' 삶은 두려움으로 채워지지만 죽음을 '기억하는' 삶은 매 순간 의미와 기쁨으로 채워진다.

그러니 불교에서 말하는 삶과 죽음이 하나라는 말도 이제 이해가 된다. '생사(生死)가 본래 없다'는 궁극의 깨달음은 아직 요원하지만 죽음이 있어 삶이 허무해지는 게 아니라 오히려 더 의미 있어진다는 것을 비로소 알게 되었다.

이제 예전만큼 죽음이 두렵지는 않다. 아니, 두렵지 않다면 거짓말이겠지만 죽음이 내 일상을 방해할 만큼 두렵지 않은 건 사실이다. 물론 이왕이면 건강하게 오래 살면서 삶의 기쁨을 느끼고 싶은 마음이다. 내 인생의 평화로운 라스트 씬을 위해 살아 있는 동안 내게 주어진 시간을 온전히 살아내고 싶다. 북아메리카 인디언 부족인 나바호족의 말처럼 말이다.

"네가 세상에 태어날 때 너는 울었지만 세상은 기뻐했으니, 네가 죽을 때 세상은 울어도 너는 기뻐할 수 있는 그런 삶을 살아라."

대지를 뚫고 환하게 떠오르는 태양도 아름답지만 어둠 속으로 서서히 녹아드는 저녁노을 또한 경이로운 장관이다. 땅거미 지는 저녁의 고요와 평온을 더 충만히 느끼며 살아가야겠다. 마지막 날숨을 허공 속으로 내려놓는 그 순간, 감사와 평화와 축복의 눈물이 그대와 함께하길!

100%의 언어로
표현하고 싶은 것

열두 시간을 자고 일어났다. 피곤하다고 해서 하루 절반의 시간 동안 잠을 자는 경우는 별로 없는데, 무언가 붙잡고 있던 마음의 끈을 툭 하고 내려놓았던 모양이다. 아침에 일어나니 오래 누워 있던 탓에 몸이 살짝 무거웠지만 금세 개운해졌다. 어젯밤 잠들기 전과는 세상의 공기가 사뭇 달라진 것도 같다. 어제까지의 삶이 까마득히 멀게 느껴진다. 과거의 안 좋았

던 기억이 모두 지워진 채 지구에 방금 도착한 여행자가
된 기분이다.

가벼운 차림으로 집을 나선다. 밤새 비가 내린 덕분에
촉촉해진 흙냄새가 기분 좋게 코를 자극한다. 살갗에 닿
는 바람이 상쾌하다. 눈에 보이는 모든 것이 빛을 머금은
듯 평소보다 더 선명하다. 나뭇잎들이 바람의 움직임에
따라 채도와 명도가 다른 녹색으로 각기 변주된다. 숨을
깊이 들이마시니 폐가 한껏 부풀어 오른다. 방금 마신 커
피 향기가 혀끝에서 진하게 느껴진다. 눈앞의 세상이 전
보다 천천히 흐르고 있다. 언젠가 한번은 경험해본 것도
같지만 확실히 다른 감각이다. 세계의 층이 미묘하게 열
리고, 닫혀 있던 대기에 틈이 생긴다. 그 고요한 틈 속으
로 의식이 서서히 미끄러져 들어간다.

지금 여기, 이 순간을 포착하고 싶다. 사진작가라면
사진을 찍을 것이고, 화가라면 그림을 그릴 것이다. 시인
이라면 시를 쓰겠지. 재주가 없는 나는 어쩌지 못하고 멍
하니 서 있다가 글을 써보기로 한다.

이 향기와 색채, 빛과 질감, 섬세한 마음의 일렁임을

제대로 표현할 재간이 없다. 글이라는 게 원래 그렇다. 실제를 100%의 언어로 온전히 표현하는 데는 한계가 있으니까. 다만 위안이 되는 것은 내가 지금 이 세계를 충분히 느끼고 있다는 것이다. 그리고 이 느낌들을 어떻게든 백지 위에 기록하고 있다는 것. 언젠가 오늘의 글을 다시 읽게 될 때 지금의 세계가 다시금 눈 앞에 펼쳐질 수 있도록, 이 느낌을 몸으로 다시 기억해낼 수 있도록 말이다. 그러다 문득 깨닫는다.

남은 모든 날 동안, 어떤 형태로든 글을 쓰게 되겠구나.
그렇게, 점점 자유로워지겠구나.

이것은 의지나 다짐이라기보다는 일종은 현현(顯現) 같은 거다. 그동안의 긴 방황이 끝나가고 있음을 알아차린다.

그렇지만, 너무나 안타깝게도 내가 사랑한 오늘의 세계와 순간의 느낌은 이내 사라져 버리고 말 것이다. 살아 있는 모든 것은 유한한 법이다. 그래서일까, 세상의 아름다운 것들은 어떤 슬픔을 동반한다. 사라져 버리기에 슬픈 것이고, 슬프기에 더욱 아름답게 느껴진다.

예민한 촉수를 세워 세상을 감지하고, 섬세한 움직임으로 연필심을 뾰족이 깎는다. 할 수만 있다면 무공의 원리를 터득한 검객처럼 우아하고 정확하게 100%의 언어로 내가 느낀 감각을 표현하고 싶다.

오늘도 오늘치의 슬픔과 기쁨으로 삶을 살고 글을 쓴다. 세상의 슬픈 것들과 아름다운 것들을 기록하고 싶어서. 한동안 내가 지구별에 살았다는 것을 누군가 한 명쯤은 기억해주길 바라며, 오늘 나는 그렇게 다시 태어났다.

나는 아주 오래
살아남을 것이다

얼마 전, 새로운 일을 시작하면서 담당자 세 분과 가볍게 점심을 먹는 도중 불쑥 이런 질문을 받았다.

"작가님은 책 출간 안 하세요?"

안 그래도 계약해서 요즘 열심히 쓰고 있다고 했더니, 어떤 내용의 책인지 궁금해했다. 일로 만나 이야기 나누는 자리에서 사적인 책 내용을 말한다는 게 어쩐지 창피하고 조심스러워 망설이다가 작은 목소리로 대답했다.

"예민함에 대한 에세이에요…."

그러자 세 분은 의외라는 듯 반응했다.

"어머, 작가님 예민하세요? 그렇게 안 보이는데…."

그 말에 속으로 피식 웃음이 나왔다. 사실 식사하는
내내, 예민함이 튀어나오지 않도록 엄지발가락에 힘을
꽉 쥔 채 숨죽이고 있었기 때문이다.

누가 봐도 예민해 보이는 인상은 아니니 그리 놀라운
반응은 아니었다. 하지만 작년에도 함께 일했던 분들이
니 나를 단순히 외적인 이미지로만 판단한 것은 아닐 테
다. 그렇다면, 나 이제… 제법 똥글똥글해진 건가?

하지만 기쁨도 잠시. 점심 식사 후 으리으리한 건물
안 회의실에 도착한 나는 똥글똥글은커녕 딱딱하게 얼어
붙고 말았다. 스무 명 남짓한 임원들의 진지한 표정, 딱
딱하고 엄숙한 공기에 숨이 막힐 지경이었다. 나를 바라
보는 그들의 눈빛이 꼭 이렇게 말하고 있는 듯했다. '어디
저 작가가 얼마나 좋은 아이디어를 내는지 두고 보겠어!'

불쑥 찾아온 예민함이 최악의 상황에 대한 상상을 내

게 주입한 탓에, 나는 그동안 준비했던 내용을 제대로 설명하지 못한 채 우물쭈물했다. 그 순간 내 마음은 아주 오랜만에 지옥을 경험했다.

예민함에 관한 책을 쓰기로 한 이유는 예민함을 극복하기 위한 '삽질'이 내 삶을 관통하는 나름의 서사였기 때문이다. 결론부터 말하면, 나의 삽질은 아직 끝나지 않았다. 아니, 영원히 끝나지 않을 작정이다. 다만, 예민해지더라도 취약해지지는 말자는 다짐이다.

전문가의 시선으로 예민함을 분석하고 극복 방법을 제시하는 여타 책들과 달리, 이 책에는 비범한 해결책이 있는 것은 아니다. 그저 평범한 사람이 예민함을 인생의 친구로 받아들이고, 뾰족뾰족 날을 세우던 모습에서 점차 둥글둥글해지는 여정을 보여줄 뿐이다. 함께 떠나는 여정의 좋은 점은 상대방을 통해 내 모습을 돌아볼 수 있다는 거다. 그러니 나의 '삽질' 여정을 함께한 여러분이라면 이미 둥글둥글해질 준비를 마쳤을 것이다.

한 가지 말하지 않은 사실이 있다. 앞에서 말했듯이, 나는 아이디어 발표의 시작을 처참히 망치고 말았다. 그러나 고작 처음만 그랬을 뿐이다. 삶이라는 여정을 지나오면서 미약하지만 똥글똥글한 마음을 갖게 된 나는, 발표를 조금 망친 것 정도로는 인생이 끝나지 않는다는 것을 알고 있었다. 실수에 연연하지 않고 수치스러운 감정에 끌려가지 않은 채 현재 상황을 직시할 것. 똥글똥글한 마음은 단순히 부드럽고 순하거나 친절하기만 한 마음은 아니다. 탱탱볼처럼 탄력 있고 강단 있는 주체적인 마음이다. 그렇게 나는 마음 깊은 곳에서 단단하게 차오르는 마음의 힘을 얻고 발표의 뒷부분을 잘 이어나갔다. 그 결과, 회의는 성공적으로 마무리됐으며 내가 제안한 아이디어가 채택되었다.

이 책을 쓰면서 예민함은 결국 섬세함의 다른 이름이라는 것을 확신하게 됐다. 예민한 사람들은 자기 자신과 세상을 귀한 유리잔 다루듯 세심하게 대할 수 있는 사람들이다. 나의 예민함이 조금씩 좋아지기 시작했다.

집으로 오는 길에 오랜만에 가까운 서점에 들렀다. 늘 그랬듯이 제목에 이끌려 책 두 권을 집어 들었다. 『자주 감동받는 사람들의 비밀』, 『다정한 것이 살아남는다』. 이

두 권의 책 제목을 빌려 마지막 문장을 써보려고 한다.

예민한 만큼 다정하고 자주 감동받는 사람인 나는, 아주 오래 살아남을 것이다.

당신도, 분명 그럴 것이다.

똥글똥글하게 살고 싶어서

탱탱볼처럼 탄력 있고 건강한 마음을 찾습니다

초판 1쇄 발행 2022년 1월 20일

지은이   조혜영
펴낸이   서재필
책임편집 양수빈
책임마케터 박소민

펴낸곳   마인드빌딩
출판등록 2018년 1월 11일 제395-2018-000009호
전화   02)3153-1330
이메일   mindbuilders@naver.com

ISBN 979-11-90015-72-1 (03810)

- 책값은 뒤표지에 있습니다.
- 잘못된 책은 구입하신 곳에서 바꿔드립니다.

마인드빌딩에서는 여러분의 투고 원고를 기다리고 있습니다. 출판하고 싶은 원고가 있는 분은 mindbuilding@naver.com으로 기획 의도와 간단한 개요를 연락처와 함께 보내주시기 바랍니다.